レジェンドノベルス
LEGEND NOVELS

ネカフェ住まいの底辺冒険者　2

美少女ガンマンと行く最強への道

レジェンドノベルス
LEGEND NOVELS

ネカフェ住まいの底辺冒険者 2

美少女ガンマンと行く最強への道

トラップ

「ついに、ここまできたか」俺は目の前の扉に手を伸ばす。金属製とも、木製とも判別のつかない不思議な色合いの扉だ。

扉の表面にはスライムの意匠が施されている。漂う重厚な雰囲気。この先にあるのが、何の部屋か、容易に連想できてしまう。

俺は扉を押す前にちらっと江奈の方へ視線を向ける。

魔法拳銃をかまえ、無言で促してくる江奈。

俺は息を一度吐ききる。気合いを入れなおし、扉にかけた手にゆっくり力を込める。

かつて「焔(ほのお)の調べの断絶ダンジョン」と呼ばれていた、ここ。そのダンジョンマスターになったアクアの部屋の扉が、いま開く。

「？」

そこは俺にとっては予想外の見た目だった。

生い茂る樹木。まさに、豊かな自然というのが相応(ふさわ)しい。ダンジョンの中のはずが、本物の森にいるかと錯覚してしまう。

そして、煌々（こうこう）と照らされた室内。

壁は蔦（つた）や苔（こけ）に覆われ、高い天井に向かって、何本もの常緑樹がその葉を広げている。

足元にはせせらぎ。

部屋の床一面がうっすらと清浄な水に覆われている。部屋の広さ自体はそれほどではなさそうだ。しかし、生き物の気配は感じられない。

俺はホッパーソードを構え、ゆっくりと前方へ足を踏み出す。

――アクアは倒した。つまり、ボス部屋だったここは、通常であれば主が不在のはず。

そう、自分に言い聞かせながら。

俺と江奈はアクアを倒しダンジョンを脱出した後、準備を万全にして再びこのダンジョンへと舞い戻ってきたのだ。

本当は各方面に応援を募るはずだったのだが。なにぶん、ダンジョンの全世界同時多発的活性化の影響は大きかった。――特に、どこもかしこも人手不足という点で。

「朽木（くちき）、あれ」と江奈の声。「……ああ。見えている」俺は気を引き締める。

江奈の指差す先、部屋の中央と思われる場所に、一際目立つ、蔦でできた柱があった。

二人して、ゆっくりとそこへ近づいていく。俺と江奈の立てるぴちゃぴちゃという足音だけが室内に響く。

目の前には床から天井までを繋（つな）ぐ蔦の柱。

俺が近づくにつれ、その柱の中央部分が、光り出す。

「この光……」

俺は不用心にも、手を光へと伸ばしてしまう。

指先が蔦に触れた瞬間、室内に音が鳴り響く。アラームとはまた異なる、何か生物的なその音。

「っ！　トラップかっ」俺は全身に重力軽減操作をかけ、とっさに大きく飛び下がる。

数瞬前まで俺が立っていた場所。さらにはその周辺で、無数の新しい蔦が勢いよく生えてくる。

足元から。さらには天井から。

撃ち出される、江奈の魔法弾。

魔法弾の着弾した何本かの蔦が、弾け飛ぶ。

しかし、すぐにその分を補うように、生えてくる蔦が倍増する。あっという間に、蔦の隙間から見えていた光も、覆われていく。

天井付近で響く、ぶちっという何かが引きちぎられた音。

光を飲み込んだ蔦の塊が、どさりと地面に落ちる。

――江奈さんの攻撃が、当たった？

と江奈の方を向く。しかし目に入った彼女の顔も不思議そうな様子。

その間に、なんと地面に叩きつけられた蔦の塊がもぞもぞと蠢きながら膨らみ始める。

「朽木、あれスライム……」

江奈の指し示す先。

地面を覆うせせらぎに紛れて、小さなスライム達が蔦の塊の中へと入り込んでいっていた。

その蔦の塊が、急速に膨らむ。

俺と同じくらいの大きさまでになる。体にまとう蔦を突きだし、攻撃を仕掛けてくる。

それは、ただの蔦とは思えない速さ。まるで熟練の戦士の繰り出す槍(やり)のような速度で、蔦の先端が迫る。しかし、これまで数々のモンスターを屠(ほふ)ってきた俺と江奈にとっては、それはそこまで脅威になり得ない攻撃。

――いまの俺のオドなら、思考が加速されていなくても捉えられる程度の速さだな。

そう余裕を持ってホッパーソードを構え、振るおうとした、その時だった。

俺の顔の横、掠(かす)めるようにして通りすぎていく無数の魔法弾。江奈の放った無色の魔法弾。

それが、植物型のスライムの放った蔦の攻撃をことごとく、撃ち落とす。伸ばされたまま空中で弾け飛ぶ蔦。宙を舞う蔦の残骸を尻目に、圧倒的弾幕が植物型スライム本体へと迫る。

弾幕の雨が、到達する。

絶え間ない着弾の衝撃。その反動で、踊り狂うようになる植物型スライム。

その身を削られ、気がつけばコアを残して四散していた。

――あっけない。あっけなさすぎる?

そんな感想を覚えてしまうほど。

俺はコアに近づこうと一歩踏み出す。

「朽木っ」声とともに俺の背中を襲う、ドンッという衝撃。

前に飛ばされながら体を捻(ひね)る。江奈に突き飛ばされたようだ。目に映るのは緊迫した江奈の顔。

一気に加速されていく俺の知覚。

江奈の魔法弾で千切れた蔦が、ついさっきまで俺がいた場所目掛けて、殺到してくる。

俺を突き飛ばしたことで、ちょうどそこへ飛び出してしまった江奈。

――蔦自体もモンスターだったのかっ。江奈さん、危ないっ！

俺はイドを込め、カニさんミトンから酸の泡を撃ち出す。

一つ、また一つ。

ゆっくりと流れる時間の中。

俺の酸の泡が、江奈に触れようとしていた蔦を、一つ一つ撃ち落としていく。

大量のイドに任せた、力任せの物量の迎撃。

――一つ、取りこぼしたっ。

俺の思考を占めるのは、恐怖。

江奈の足の陰になっていた蔦。俺が撃ち落とすのに失敗したそれが、江奈の右足に絡み付く。

蔦が江奈の足を締め上げる。

「ぐぅっ！」漏れる江奈の苦痛の声。

俺は気がそれそうになる。

――集中しろっ、俺！

まだ宙を舞っている他の蔦を撃ち落とし続ける。

すべての蔦を酸で溶かし尽くす。

俺の意識の中の、時間の流れが通常に戻る。

俺は、体勢の崩れた江奈を支えようと構える。

俺の腕の中に倒れるようにして飛び込んでくる江奈。腕の中の江奈をすぐさま横たえる。蔦の巻き付いたままの江奈の右足へと視線をやる。

締め上げられ鬱血し始めている江奈の右足。

俺は慎重にホッパーソードを足と蔦の間へと滑り込ませると、蔦を切り裂き始める。何重にも巻かれた蔦が、抵抗するようにさらに締め付けを強くする。

何度目かの試行錯誤の末に、ようやく蔦がすべて外れた。

――最初の攻撃時、もしホッパーソードで切り裂いていたら、俺の腕にこの蔦が巻き付いていたってことか……

「江奈さん、ごめん。油断していた」

「全く、よ」とアザになってしまった右足を庇（かば）いながら立ち上がる江奈。

「すまない。怪我（けが）の具合は？」

「大丈夫。骨に異常はないわ。さあ、早くコアを回収して脱出しましょう」

「ああ、そうだな」と俺は今度こそはと、慎重にコアに近づいていく。

蔦の残骸をかき分け、ゆっくりとコアを手に取る。輝きを増すコア。

その時だった。俺の腰に下げていた魔法銃が、ぶるぶると震え始める。

回廊

震えながら、ほどける、としか言い様のない変化を見せる魔法銃。

白い糸のようになったそれが、まるで一つになりたがっているかのように、俺の手の中のコアへと引き寄せられていく。

くるくる。

くるくる、と魔法銃だった白い糸がコアへ巻き付き始める。

まるで繭に戻ろうとするかのように。

「な、何がっ⁉」と俺。

「朽木！　それっ、止まらないの⁉」

「やってみる」と俺は自身のイドを通して魔法銃が制御できないか、試みる。

自らの意識の片隅に存在する、イドの流れ。

そこから導かれるガンスリンガーの修練の中で獲得した自らの中のイドを知覚し操る力。さらには、この漆黒と化した瞳の持つ、イドを見通す視界。

自らの内側と外側。そこには魔法銃と自分自身を繋ぐイドのパスが、確かにあった。

そのパスを通じて、支配を確立しようと魔法銃へ、イドを注(つ)ぎ込(こ)む。

手応え。

魔法銃が俺のイドに応える。繭化が、止まる。

ほっと息を吐いた時だった。

コアが魔法銃を引っ張っている。そうとしか表現できないような感覚。

再び始まった、魔法銃とコアの繭化。

俺は今度はコアにまで届くように、さらにイドを注ぐ。

違和感。コアに、自分以外の存在を感じる。

「アクアっ、こんな所にも罠（わな）を！」

それは、アクアの存在の残滓（ざんし）。

コアに隠れ潜むように、アクアのものとしか考えられない、イドの存在を知覚する。

「くっ、駄目だっ」

俺はイドでコアに隠れたアクアの残滓を追い出そうと、力の限り試みる。

しかし、うまく捉えることができない。

手間取っているうちに、俺の腰にあった魔法銃はすべて糸となり、手の中でコアの繭が完成する。

手の中で繭が、変質を開始する。

空中に浮かび上がる無数の魔法陣。

「朽木、このままじゃあ危険よ。早くそれを捨ててっ」と江奈が叫ぶ。

実際に、繭を払い除けようと江奈の腕が振るわれる。しかし、俺の手のひらの上にあるはずの繭は、その実体を無くしたかのよう。江奈の振り払った手が、貫通してしまう。

「駄目だっ、手から離れない。江奈さんは逃げて！」

なぜかそこで巨大化し始める繭。非実体となったそれは、俺も江奈も飲み込み、さらに拡大していく。

「っ！　とらえたっ」とそこで急に明瞭になるイドの流れ。俺は、アクアの残滓を捕捉する。力の限りを尽くし、繭から追い出そうとする。

アクアの残滓とおぼしきものが、スライムの形をとり、飛び出してくる。

しかし、時はすでに遅く。

繭の変質が完成してしまう。

そして今度は急速に縮み始める繭。取り込まれていた俺と江奈を巻き込み、繭は縮み続ける。

その周りを取り囲む、いっそう激しく輝く魔法陣。

魔法陣が扉のような形を作ったかと思うと、縮んだ繭がそこへ吸い込まれていく。俺と江奈も連れて。

次の瞬間、部屋には誰も居なくなっていた。

＊

感じたのはホコリっぽい空気。

「ぶ、くしゅっ」

俺は自分のくしゃみで目がさめる。

反動で、何かが背中に当たる感触。続いて、頭に落ちてくる固いもの。

「いたっ」

目をあけ、体を起こす。頭をさすりながら落ちてきたものへ手を伸ばす。

「これは、コミック？」

手にしたコミックは有名なレーベルで、俺もネカフェでよく読んでいた週刊誌連載の単行本だ。

「なんだこの作者。百紫芋（ひゃくしゅう）？　聞いたことのないペンネームだ。なんて読むんだろ」

いまはそれどころじゃないやと、コミックをそっと床に置き、そこでようやく俺は周りを見回す。

薄暗いなか、乱雑に倒れた棚。その棚から散らばったとおぼしき本達。

背後には細かく区切られたブース。

人の気配はない。

天井の電灯はすべて消え、どこからともなく差し込む光で辺りの状況は確認できる。

よろよろと立ち上がった俺。

足元の本をできるだけ踏まないように気をつけて、立ち並ぶブースの方へ。

ゆっくりと、そのうちの一つのブースのドアを開ける。

そこは見慣れた風景。

狭い空間に置かれたリクライニングチェアと、その前に設置されたパソコン。

本棚が倒れているのとは対照的に、このまま使えそうな状態のそれら。

「ネカフェ……だよな？　一体なんでこんな――」

そこで俺はようやく思い出す。

ダンジョンコアを回収したこと。アクアの残滓が仕込まれていたこと。俺の魔法銃と一緒に勝手に繭化し始めたコア。アクアの残滓を追い出そうと試み、何とか成功。しかし、なぜか突然膨らみ始めた繭に江奈と一緒に取り込まれたこと。

「江奈さんはっ⁉」

はっと、ネカフェの中を見回す。

目につく範囲には居ない。俺は一つ一つブースをまわって、江奈を捜し回る。

「居ない――」

俺ぐらいのネカフェユーザーになるとブースの配置と規模で、店内配置はだいたい見当がつく。

その勘にしたがって、付属されたシャワー室やトイレへ。

「ここも居ないか――。あとはスタッフルーム」

さすがに入ったことはなかったが、予想以上に狭い。事務所らしき場所も簡易的なキッチンにも人陰一つない。

その途中で見つけた、外への扉。

――外か。すぐ近くに居るといいんだが……。

俺は装備品がしっかりあるのを確認すると、まずステータスが開くか試してみる。

☆☆☆☆☆☆☆☆☆☆

氏名　朽木(くちき)　竜胆(りんどう)

年齢　二十四

性別　男

オド　27

イド　15

装備品

ホッパーソード　（スキル　イド生体変化）

チェーンメイル　（スキル　インビジブルハンド）

カニさんミトン　（スキル解放　強制酸化　泡魔法）

黒龍のターバン　（スキル　飛行）

Gの革靴　（スキル解放　重力軽減操作　重力加重操作）

スキル　装備品化、廻廊(かいろう)の主(あるじ)

召喚

魂変容率　17・7%

精神汚染率　^D‾%

☆☆☆☆☆☆☆☆☆☆

「っ！　ステータス、開いた！」

一気に高まる緊張。

俺は改めてホッパーソードを握りしめ、外へと続く扉へ近づく。

それは、電源の切れたガラス製の自動ドア。

手をかけ、ゆっくりと横へスライドさせる。

抵抗を感じながらも、スムーズに開いていく自動ドア。空いた隙間をくぐり抜け、風除室へ。そして、外へと続く次のガラスのドアを、押し開けた。

たどりついたのは

扉の先にあったのは、アスファルトで舗装された道路。

そっと顔を出し、左右をうかがう。

モンスターの気配はない。俺は数歩、ネカフェから踏み出す。

くるっと後ろを向く。

「郊外型店舗のネカフェ、か」

道路に視線を戻す。

路肩に停められた無数の自動車。自家用車からトラックまで様々な車種。

モンスターだけではなく、人の気配もない。

軽く、近くの車を調べる。

「事故があって、車から離れたような雰囲気はないな。目立ったキズもないし。路肩に停めて離れただけ、みたいに見える」

まっすぐに続く道。幹線道路やバイパスのような作りだ。道にそって、ガソリンスタンドやファミレスのような飲食店が点々と見える。しかし、どこにも人の気配はない。

「地方都市っぽいな……」

その時だった、微かに声が聞こえる。

「――っ、江奈さんか⁉」

どうやら道沿い、ネカフェから見て、左手の方から声がした気がする。

俺は自分に重力軽減操作をかけ、歩道を走り始める。

――スキルが、普通に使える。ダンジョンの中にいるのと全く同じ感覚だ。

それはいくら移動しても変わらない。普通であればダンジョンの因子を持つモンスターなり、ダンジョンの領域なりは場所によって濃さのような物ができる。この眼になってから、それはいっそう如実に感じられるようになっていた。

だからこそ感じる、違和感。

――まるで、ダンジョンの中にまだいるみたいだ。

そんなことを考えながらも走る動きは止めない。声が再び聞こえる。

先ほどより、はっきりと。

――この声、江奈さんじゃないっ⁉

俺は足音を殺すようにして、急制動をかける。身を低くし、ゆっくりと進み始める。

風にのって、声はどうやら前方のガソリンスタンドから聞こえてくる。

――声は複数。会話しているのか？　日本語じゃなさそうだ。

俺は歩道を外れ、車道に出る。放置されたままの自動車の隙間を縫うようにして、ガソリンスタンドに近づいていく。

ガソリンスタンドの中が見える位置に到着。

自動車の陰に隠れる。そこで、低くしていた姿勢を少し伸ばす。

自動車の窓ガラス越しに、ガソリンスタンドの様子をうかがう。

——あれは、人じゃない、な。っ、そんな。あのモンスターはまだ存在が確認されてないことで有名なのに……

俺の視線の先。

そこにはガソリンスタンドの中央で焚き火を囲む、ゴブリンにしか見えないモンスター達の姿があった。

突然、焚き火を囲んでいたゴブリン達が、騒ぎだす。

地面に置いていた武器らしき物を取り上げ立ち上がるゴブリン達、その数四体。

バールに、ノコギリ、そして鍬や鎌と、まるでどこかのホームセンターから盗んできたような物ばかり。それを手に、鼻をひくひくさせながら、ぎゃあぎゃあと会話している様子。

——臭いで、気がつかれた?

俺はとっさに自動車の陰にふせ、風向きを確認する。

——風向きは、逆、だよな。

そっと再び自動車の窓ガラス越しに覗く。

ちょうどゴブリン達が俺とは反対の方、ガソリンスタンドの向こう側へと走っていく後ろ姿が見える。

――あっちに何かあるのか？　って、あれは江奈さんだよな⁉

ガソリンスタンドの向こうに広がっている、草むした土地。そこをふらふらと歩いている江奈の姿が見えた。

ゴブリン達がふらふらしている江奈に向かっていく。

俺も慌てて自動車の陰から飛び出す。

――ギリギリ、届く！

俺は走りながらカニさんミトンを構える。狙うのは、前方のゴブリンの一団、その一番手前のバールを両手で抱えた個体。

カニさんミトンから発射された酸の泡が、ゴブリンへ迫る。バール持ちゴブリンがそのタイミングで、こちらを振り返る。

――気づかれたかっ⁉

直撃コースだった酸の泡。しかしバールゴブリンは強引に体を捻ると、手にしたバールを盾のようにかざす。

酸の泡はバールの一部を溶かす。そして、酸の泡の残りが、ゴブリンの右足にかかる。

じゅっという音。

ゴブリンの右足が、膝から溶け落ちる。

ガソリンスタンドにゴブリンの声が響き渡る。しかしそれは悲鳴ではなく、雄叫び。ゴブリンは戦意に満ちた声をあげ、片足で半分溶けたバールを投擲してくる。

まさか攻撃してくるとは思わず、一瞬反応が遅れる。しかも前傾姿勢で駆けていた俺はとっさに回避もできず、何とか手にしたホッパーソードで飛んできたバールを防ぐ。

――重いっ。あんな状態で投げているのに！　筋肉量がちがうのか⁉

バールを何とか打ち落とした俺は、ぱっと前を見る。

こちらを爛々（らんらん）とした瞳で見ている、右足を失い地に伏したゴブリン。

その奥、遠くに見える江奈。

見えたのは、それだけ。

「江奈さんっ‼」

俺の力の限りの大声。しかし、江奈は反応しない。

――仕方ない、江奈さんのことは後だ。ゴブリン三体の姿が見えない。地に伏した奴（やつ）も戦意満々って顔だ。こいつら、知性がかなり高いのか。

最大限まで高まる警戒感。

その時だった。俺は無意識の反射で、大きくその場から飛（と）び退（の）いた。

ブラフ

飛び退いた俺の目の前を通りすぎる、液体。

漂う、鼻をつく異臭。

その臭いに、体が強張（こわば）る。

見ると、地面に転がっているのは、蓋のあいたペットボトル。物陰からゴブリンの一体が投げたのだろうか。

中の液体が、ぴちゃっぴちゃっと、あいた口から漏れだしている。

「嘘（うそ）だろっ！　おいっ」思わず漏れる悪態。視界の端にはゴブリン達が座っていた場所にいまだ火のついたままの焚き火。

俺はとっさに耳を押さえながら身を伏せる。

……何も起きない。

「――騙（だま）されたっ⁉」

ガバッと身を起こした俺の、すぐそばまで近づいていたゴブリン達。

手にした工具を振り上げ、こちらを見下ろす醜悪な面構え。

俺は思いっきり横へ転がりながら、振り下ろされてくる工具の初撃をかわす。

同時に飛行スキルを発動。

前方に飛びながら、手にしたホッパーソードを、撫(な)で切りにするようにして一番近くにいたゴブリンの腹部にそわせる。

鍬で俺の頭を耕そうとしていたそのゴブリンの腹へ吸い込まれていくホッパーソード。

目の前に迫る計量機に、反転して着地。

残ったゴブリン達へ視線を向ける。

鍬を持っていたゴブリンが黒い煙に変化している。

それを驚いたように見ている鎌持ちとノコギリ持ちのゴブリン。

その隙に、射線の取れるノコギリ持ちへ、酸の泡を発射。

同時に飛行スキル全開で、地を這(は)うほどの低空を、ゴブリンの方へ進む。

一瞬で、目の前にはきらめくノコギリの刃。酸の泡が鎌持ちゴブリンの頭を溶かすのを尻目に、地面に軽くタッチ。反動で、軌道をそらす。振り下ろされてくるノコギリをかわす。

そのまま上昇。

ホッパーソードをノコギリ持ちゴブリンの首に引っ掛ける。

首を、引きちぎるようにして、切り裂く。

上空で反転。

「最初のバールのゴブリンは……」

足を失ったゴブリンが両手をつき、残った片足で這うように江奈の方へ進んでいた。

「っ！」思わずカニさんミトンから酸の泡を発射。最後に残ったゴブリンの頭も溶け落ちる。

俺は慎重に地面に転がるペットボトルへと近づく。そっとつまみ上げ臭いを嗅ぐ。

「これは、水かっ！」

最初に感じたガソリンの臭いはどうやら別に、少量撒いた物のようだ。

——臭いで勘違いさせて、水入りのペットボトルを投げたのか。爆発させたら自分達にも被害が及ぶことを理解し、さらに人間の心理にまで考慮した策を使ってきた？

俺はおののきながらゴブリン達の死骸へ近づく。完全に息の根は止まっている。

俺は、いまは考えても仕方ないかと、気分を強引に切り替える。

装備品化スキルが発動した鍬持ちゴブリンの脇へ。

そこにはゴブリンの着ていた服と持っていた鍬。さらになぜかもう一つ、別の鍬が落ちていた。

「この鍬が装備品？　ふーん。とりあえず江奈さんの方へ行くか」

俺は新しい装備品らしき鍬を摑むと、そのまま江奈の方へと急ぐ。

「江奈さんっ、江奈さんっ！」

草むした空き地をフラフラと進む江奈の後ろ姿に、俺は急ぎ近づきながら声をかける。

相変わらず反応はない。

——ここまで近づいて聞こえていないはず、ないのに。何かおかしい。

俺は手にした鍬を放り投げ、目の前まで近づいてきた江奈の肩に手をかける。

ビクッとする江奈。俺はそのまま前に回り込む。

「くち、き……？」

と、まるでいま、俺に気がついたような、ぼうっとした表情。

間近にある江奈の顔をまじまじと観察する。

ゆっくりと視線のピントが、俺に合っていく様子がわかる。

「一体、どうした！　大丈夫っ？」俺は揺らさないように気をつけながら尋ねる。

「あ、ああ。夢を見てた、みたい」片手で髪をかきあげ上を向く江奈。

「夢？」

「そう、アクアになって、果実(エンブリオ)を探す夢……。っ！」と、うわ言のようにそこまで話した所で、突然右足を押さえる江奈。

右足を包むスキニーパンツは繭に取り込まれる前の戦闘で所々破れ、ぼろぼろになっている。その破れた部分から見える、蔦に締め上げられてできたアザ。江奈の手の下で、まるで一瞬、そのアザの形が変化したかのように見えた。

「大丈夫っ？」と、とっさに支えようとする俺の手をそっと押(お)し退(の)ける江奈。

痛みに細められた江奈の瞳。一瞬、それが蒼色(あおいろ)に変化したかのように見えてしまう。その色に、俺の頭に嫌な記憶がよぎる。

「問題ない、わ」と強がる江奈。こちらに向けられたその瞳はすでにいつもと変わらない。

「そう、か。近くにネカフェがある。まずはそこまで行こう。前みたいに抱えていく？」と意識して軽く言ってみる。

「ばか」と言って歩き出す江奈。

俺は放りっぱなしになっていた鍬を取りに行く。投げた勢いで地面に刃が刺さった状態の鍬をよいしょっと抜く。

なぜかそこだけ、他の場所より草むしている感じがして首をかしげる。

「朽木、ネカフェはどっちなの？」と江奈の声に我にかえる。

「あ、ああ。とりあえずあっちのガソリンスタンドに行こう」

「わかったわ」と歩き出した江奈。気張って何でもないふりをしているが、後ろから見ていると右足をわずかに引きずっているのがわかる。

俺は江奈の右足も気になりながらも、そっと質問してみた。

「それで、果実ってどんなものなの？」

「果物、回収……。回収しなきゃ……。回廊が繋がって、ようやく来れた。ここなの。プライムの世界に。ママの樹から零(こぼ)れ落(お)ちてしまったの――」

江奈の口から漏れる、ぶつぶつとした呟(つぶや)き。最初の方は特に小さな声で背後にいる俺には聞き取りにくい。

「苦労したの。苦労したの。平行世界を経由し続けて、ようやくなの……。全部、果実持ち(エンブリオホルダー)が時空をねじったせい――」

「えな、さん？　江奈さんっ！」と、フラフラとガソリンスタンドから離れる方へ歩き出した江奈に焦りながら声をかける。

　ばっと自らの口に両手を当て、立(た)ち竦(すく)む江奈。

「……行こう、ネカフェはこっちだ」俺は漏れ聞こえてきたフレーズに戦慄しながら、何でもない風を装って江奈の手を握る。

　そのまま自分が前になって歩き出す。どうしても浮かんでしまう自分の表情が、江奈から見えないように。

「朽木、私……」

「うん」

「…………」

冷たい江奈の手。それを無言できゅっと握りしめる。

道を踏み外さないよう、祈りを込めて。


結局、そのまま二人とも無言でネカフェに到着する。

「このブースでとりあえず休んでて。何か食べ物ないか探してくるから」

靴を脱ぎ、フラットシートの上で両膝を抱えていた江奈は、無言のまま頷(うなず)く。

俺は心配ながらも、ブースを出て、食べ物がないか漁(あさ)り始める。

「……ダメだ。電気が来てないから、業務用冷蔵庫の中のは腐ってる。缶詰みたいなのが……」

俺は埃(ほこり)をかぶりながら棚を漁っていく。

「あ、ツナ缶！　膨らんでいないし、行けそうだ」

俺は見つけたツナ缶を掲げて外から差し込む光にかざす。

「……暗くなる前に、色々探しとかないとな」

そのまま家捜しを続ける。


数十分後。

俺は片付けたオープンシートに見つけた戦利品を並べていた。

落ち着いたのか江奈も様子を見にブースから顔を出す。

「じゃーん。さあ、夕御飯にしよう」と顔を出した江奈に努めて明るく声をかける。

日が落ちかけて、ネカフェの室内はすっかり暗い。

俺は漁っている時に見つけた懐中電灯をつける。それを上向きに立て、バケツの中へ。バケツの中で、うまく立つように置く。

そのバケツの上に、ラベルを外したペットボトルを横にして置く。

光を散乱させるペットボトル。

「非常用の備蓄があったよ。とりあえず飲み水は確保っ」と俺はペットボトルからあらかじめ注いでおいた水を入れたコップを江奈へ渡す。コップは当然ドリンクバーからパクってきたもの。

「……きれいね」闇に沈んだ室内で光が踊る。ペットボトルの中で揺らめく水がうまい具合に光を散らしていて、辺りをチラチラと照らす。

「クラッカーと、ツナ缶があったから載せてオードブル風にしてみました」と俺は給仕するように皿を江奈の前へ。

「メインディッシュは?」

「ツナのクラッカーサンドでございます」と俺はクラッカーを一枚取り出し、追加で上から重ねる。

「ふふっ」零(こぼ)れる江奈の笑みにほっとしながら、二人で質素な夕食を食べ始める。

クラッカーとツナだけの簡素な食べ物でも、何かを食べるという行為自体に、ほっとした雰囲気が流れる。

あらかた食べ終わった所で、江奈が何かを決意した様子でコップに入った水をぐっとあおる。

空になったコップを両手で握り締め、江奈が口を開いた。

＊

一夜明け、俺はいま、飛行スキルを駆使して、空からネカフェ周辺の偵察に来ている。

空から眺める周囲の地形は、まっ平らと言っていいほどで、大きな山などは見えない。

ネカフェの目の前を通る幹線道路沿いに、住宅や各種商業施設はあれど、他は空き地や畑が多い。林になっているような部分も点在している。

「やっぱり、どこかの地方都市かな……」

そして、やはり人の気配がない。

かわりに、モンスターの姿が度々目に入ってくる。

特に、ゴブリンと思われる存在がここら辺一帯では多く目につく。四、五体でまとまって移動したり、たむろしているグループが点在している。

どうやら狩りをしているようだ。

たまたま、狩りの途中と思われるグループに行き当たり、こっそりと空から観察させてもらった。獲物は、何と他のモンスター。

それもここに来るまで見たことのないモンスターで、コボルトとワーウルフの中間のような見た目をしていた。俺はとりあえずワーボルトと呼ぶことにする。

どうやら一匹でゴミあさりをしていたワーボルト。体格はゴブリンの五割増し。動きも俊敏なワーボルトだが、ゴブリン達はそれを数の暴力を活(い)かして巧みに狩っていた。昨日戦った時も思ったがゴブリン達は相当知能が高そうだ。

そうして偵察を続け、幹線道路沿いに大きなホームセンターが見えてきた。俺は何となくゴブリン達の装備や服がそのホームセンターが出所の気がして。嫌な予感に、偵察をやめ、ネカフェに戻ることにする。

――もう偵察に出て小一時間は経(た)ったか。残してきた江奈さんのことも気になるしな。

そして、ネカフェに向かって飛びながら自然と昨晩の江奈との会話に意識が向く。

「江奈さん、まるでアクアみたいな口調だったよな……。コアに感じたアクアの残滓がもしかして……。それに、この世界。ここってやっぱり異世界なのかな」と道路に放置された車両と、その上にいるゴブリンを見下ろしながら俺は呟く。

その時だった。何かチリチリした焦燥感に似たものが脳裏を掠める。俺は急ぎ、違和感の正体を確かめようと気を引き締める。

――物思いに耽(ふけ)って飛んでいたのが災いしたっ。

「ゴブリンの密度が増しているっ⁉」俺は空から全体を俯瞰(ふかん)しつつ思わず悪態を洩(も)らす。

気をつけていさえすればすぐに気がつくはずのこと。ネカフェに近づくにつれ、ゴブリン達の数が増えていっていた。

ネカフェ攻防戦

「急げ急げ」俺は一心にネカフェを目指す。眼下の幹線道路にはゴブリンの姿が明らかに増えてきている。

「見えてきた！　――遅かったか⁉」ネカフェ前を彩る魔法弾の輝き。かつてピンクキャンサーのスタンピードの時のように、氷の壁がネカフェを取り囲むように展開され、その隙間を縫うように七色の魔法弾がばらまかれていた。

ネカフェ前では、すでに江奈とゴブリン達による戦端が開かれていた。

「ゴブリン達、統制がとれているのかっ」

明らかに誰かが、指示出しをしているようなゴブリン達の規則だった動き。

幹線道路を埋め尽くすゴブリンの一団。

その最前列には、盾がわりなのだろう、直径の大きなフライパンやら鍋やらを構えたゴブリン達が江奈の魔法弾をいなしている。人よりも小さなゴブリン達が構えると、そんな物でも射線のほとんどが遮られてしまうようだ。

驚異的なのは、時たま魔法弾に倒れるゴブリンが出た時。そう、ちょうどいまも。

倒れた盾持ちの背後に控えた別のゴブリンが、何と落ちたフライパンを拾い、防壁の維持に参加したではないか。

そうして維持された盾役の背後から、小型の包丁や簡易的な火炎瓶らしきものを投げつける別のゴブリン達。

江奈の七色王国が、いまの所すべてを撃ち落としているが、押されぎみなのは明らかだった。

その時だった。ゴブリンの一団がこっそりと別動隊を作り、ネカフェの背後に回り込もうとしている様子が空から見える。

それを見て、俺は強行突破から江奈を抱えての離脱を決意する。

俺は包丁や魔法弾の飛び交う中に急降下していく。

ゆっくりと流れ始める周囲の様子。

意識のギアが、上がる。

目の前を通りすぎる火炎瓶のちらちらと揺らめく炎。

そこへ吸い込まれるようにして当たる、七色王国。白色のそれはノックバック効果を生み、火炎瓶をゴブリン達へと弾き返す。

空間を埋めつくすような飛翔物をかわしにかわし、俺はネカフェの入り口前に着地する。一歩、入り口へ踏み出す。

その時だった。

圧倒的な殺気。

真横から振るわれた巨大な何かに、俺は弾かれる。わずかに取れた防御姿勢。

俺の加速された知覚をもってしても、その直撃を避けきれなかった。

空を舞いながら、その正体を見極めようと体をひねる。

――ホブゴブリンっ⁉

視界に入ってきたのは、人の五割増しの背丈の筋骨隆々としたゴブリンの姿。そいつが、丸太のような物を振り抜いた姿勢でこちらをニヤニヤと見ていた。

ネカフェの外壁に叩きつけられる俺。

衝撃で飛びかけた意識を気合いで保ち、すぐさま俺はイド生体変化で怪我を修復していく。

地面に転がった俺に、ゴブリン達がここぞとばかりに殺到してくる。叩き付けようと降り注ぐ、鈍器の雨。

頭だけは何とか抱え込み、加えられようとする攻撃から守ろうと構える。

その時だった。

ゆらりと江奈がネカフェの入り口から姿を現す。

蒼い。

次の瞬間には、俺の隣に。

風が巻き起こる。

俺の真横で踏みこまれる、江奈の右足。ちらりと見えた右足のアザも蒼色を帯びている。

その震脚で、アスファルトが、そして大地が。

陥没する。

その衝撃をのせ、振るわれた江奈の拳。

俺の漆黒に染まった瞳には、蒼色に染まったイドが見える。粘り気のある巨大な塊となって、江奈の拳にまとわりつく、それ。

そして、もたらされたのは、純粋な破壊。

一振りで、ごっそりとゴブリン達の命が散っていく。

血肉の花を咲かせて。

そのまま次々に繰り出される、よくわからない武術っぽい型にそった拳。どこかで見たことがあるようなその動きに合わせ、あっという間にゴブリン達がただの挽き肉へとすり潰されていく。

ホブゴブリンらしき巨体も、その運命からは逃れられなかったようだ。気がつけば蒼色の暴力に捕らわれ、全身をバラバラにされていく。

四肢を失い。

腹に風穴があき。

残ったのは、驚きで固定された表情をたたえた顔面。

それも次の瞬間には飛び散る肉片と化す。

気がつけば辺りは静寂に包まれていた。

イド生体変化で傷を癒した俺は立ち上がる。目の前の、ポツンと佇む江奈に声をかける。

「朽木？　あれ？　どうして後ろにいるの——」と不思議そうな表情で振り返る江奈。

「助けなきゃと思って、私……」と、急に表情の曇る江奈。その視線が周囲へ向けられる。状況を慎重に分析している時の目をする江奈。

「記憶は、ある?」そっと訊いてみる。

大きく息を吐く、江奈。

「ええ。ある、わ。これはアクアの力、なのかしらね。アクアの記憶にアクアの力。でも、意識が乗っ取られてはいない、と思う」と最後だけ自信なさげに答える江奈。

「確かにアクアなら、俺を助けようとはしないね、絶対。助けてくれてありがとう、江奈さん」と俺は遅ればせながらお礼を伝える。

何か言おうとして、突然、江奈はガクッと膝をついた。

鍬

あの後、とっさに江奈を抱き止め、ネカフェのブース席へ運んだ。

どうやら極度の疲労状態の様子。ただ、命には別状がなさそうで、俺はほっとする。

多分、アクアの力を使った反動だろうと言う江奈の意見に、俺も頷きつつ、とりあえずは休んでいるように言い含める。

「ほら、これ」

前夜から使っている貸し出し用の毛布を被せてあげる。

口許まで毛布を引き上げ、上目遣いで不満げな表情を見せる江奈。

「ほらほら、そんな顔しないで」と笑っておく。

「——ごめん」と呟く江奈。

「うん」俺はブースのドアを閉める。

そのままネカフェの外へ。

「さて、やることは沢山あるわ、こりゃ」と俺は指折り数えていく。

「まず、いまの状態の江奈さんを連れて移動するのはリスクが高い。いつまたどうなるかわからないからな。休める場所が近くにあるとは限らないし。とすると、しばらくはこのネカフェを拠点にするしかないけど……」

　と背後のネカフェを見て、さらに周囲に視線をやる。

「まずはこれ、片付けますか……」俺はカニさんミトンをはめた左手を掲げて、自分を鼓舞するかのようにに手をチョキチョキさせた。

　——数時間後
「ふぇー。終わったー」俺はきれいになったネカフェの周りを眺めながら、その場に座り込んで休憩する。

「ネカフェにあった掃除用品、もうダメだなこりゃ」と俺はいろんなものでぐちゃぐちゃになったモップも酸の泡で処分しておく。

「さて、次に優先順位が高いことは……。やっぱり安全の確保か。どう考えても、偵察で見つけたホームセンターがゴブリン達の拠点だよな。……潰さないと安心できないよな。江奈さんのためにも」

　俺は大きく伸びをして立ち上がる。

「その前に、昨日手にいれた新しい装備品の確認をしとくか。もしかしたら戦力になるかもしれないしな」と、俺はネカフェの中にしまっておいた鍬を取り出してくる。

　装備して、ステータスを開く。

☆☆☆☆☆☆☆☆☆☆☆

氏名　朽木　竜胆
年齢　二十四
性別　男
オド　28（1増）
イド　11（4減）

装備品
妖精の鍬（スキル　倍加）new!
チェーンメイル（スキル　インビジブルハンド）
カニさんミトン（スキル解放　強制酸化　泡魔法）
黒龍のターバン（スキル　飛行）
Gの革靴（スキル解放　重力軽減操作　重力加重操作）

スキル　装備品化，廻廊の主
召喚
魂変容率　17・7%
精神汚染率　>D-%

☆☆☆☆☆☆☆☆☆☆☆☆

「妖精の鍬、ねぇ？　何かイメージと違うというか……」と俺は手にした鍬を眺める。

なにせ、一見どこにでもありそうな農作業用の鍬なのだ。木製の棒に、金属の刃がついただけのシンプルな構造。武骨と言ってもいいような外見。妖精という華奢（きゃしゃ）な語感とは真逆と言っていい。

「まあ、それはいいか。さて、スキルだけど倍加、ね」

俺は最初に手にした時のことを思い返す。何となく使い方の予想がついた俺はネカフェの裏側、少し歩いた所にある空き地へ向かう。

「ここら辺でいいか」と俺は手にした妖精の鍬を空き地へと振り下ろした。

さくっと大地へ食い込む妖精の鍬。

土に突き立てられた鍬の刃の周りに生えていた雑草の数が、ぶわっと増える。

「おおっ、こりゃすごいかも。というか、面白い。倍加ってこういうことね」

俺は調子に乗って、もう一度鍬を振り上げ、同じ所に振り下ろす。

さくっ。

何も起きない。

「あれ？　なんで――」

再び鍬を振り上げ、今度は別の所に振り下ろす。今度はよーく目を凝らしておく。

大地へ食い込む鍬。その刃を中心にうっすらとした光の魔法陣が地面に広がっていく。

「魔法陣、出てたんだ。薄くて見落としてた」

再び、雑草が増えた。

どうやら広がった魔法陣の中にあるものが増えている様子。

魔法陣の大きさは直径数十センチぐらい。

再び同じ所に振り下ろす。再び魔法陣も展開される。しかし、草は増えない。

「なるほど、魔法陣は展開されているけど草が増えないのか。一度増えた物はダメってことかな。これ、草以外もいけるのか？」

好奇心にかられ、俺はネカフェから残っていた缶詰を持ってくる。

地面に置く。今度は見やすいように草のない場所を選ぶ。

缶詰に当てないよう気をつけながら、魔法陣の範囲に入るよう、狙いを定めて鍬を振り下ろす。

ザクッ。

「あれー？」

食い込んだ刃を中心に展開された魔法陣は缶詰を無事に範囲に入れていた。しかし、増えない缶詰。なのに、缶詰の隣にあった小石が二つに増えていた。

「どういうことだ？　これ」

俺は増えた小石に手を伸ばす。少し埋まっていた小石を二つとも軽く掘り起こし取り出す。

「全く一緒の形しているな。土の付き方も同じだ。土……。あっ」

俺は持っていた妖精の鍬で軽く土を掘り起こし、缶詰を埋める。

その際にも魔法陣が展開されているのがなぜか面白くて、笑えてくる。

まずは缶詰に完全に土を被せて、外から見えないように。

そして、鍬を振り下ろす。

「どうなったかな～」土を手で払う。

「――増えてない、な。よしっ」

俺はそのまま再び鍬を振り下ろす。展開される魔法陣。

土に半ば埋もれた缶詰が、二つになる。

「想像通りだ！　土に埋もれていて、かつ地面から飛び出ていないといけないのか。どうやら生えている物とか、そういう属性が対象みたいだ。これって生き物もいけるのか……」

俺は好奇心にかられて、自分の足に土をかけようか、悩む。

「いやいやいや。とりあえず落ち着け、自分。――モンスターを捕まえたら試してみよう」と、俺は何とか自制心を取り戻す。

「ネカフェにあるもので、必要なもの、増やしておくか」俺はそう呟くと、ネカフェに向かった。

ぷにっと

俺は増やした水や缶詰等(など)の食料をネカフェに運び込みながら次の予定を考えていた。

ちらっと江奈のブースを確認するがどうやら疲れて寝てしまったようだった。

――ホームセンターのゴブリンを排除しに行くにしても、ネカフェにこのまま江奈さんを置いていくのは危険だよな……

起こさないように、そっとブースのドアを閉めながら、思考はめぐる。

――食べ物も飲み水も、潤沢にあるとは言えないしな。やっぱり手近な場所をもう少し漁ってみるか。リスクはあるけど。

俺はとりあえず、すぐに戻れる範囲の住宅を訪問してみることにする。

――探すものは食べ物、飲み物と、何か防犯になるものだけど……。何があればいいか、さっぱりだよな。ドアを塞いでおく物とか一般家庭にあるとも思えないし。まあ、いいや。行ってみて、探しながら考えよう。飛行スキルを……

と、ネカフェの外に出た時だった。

目の前、数メートル先にワーボルトの姿が。

ドアの開閉で音がしたのだろう。こちらを見ていたワーボルトと目が合う。

「ガァッッー」雄叫びをあげ、突っ込んでくるワーボルト。

「げっ」俺は発動しかけの飛行スキルを諦め、カニさんミトンを掲げる。

そのまま、酸の泡の盾を展開。

目の前で広がる酸の泡。

泡越しに見えるワーボルトは、構うことなく突っ込んでくる。

——もしかして、酸の耐性持ちっ⁉

思わず、身をかたくする俺。

泡の盾に飛び込んだワーボルトは、そのまま苦悶（くもん）の叫びを上げて、溶けていった。

「⁉」

思わず、まじまじとその様子を見てしまう俺。毛がなくなり、皮膚が全身火傷（やけど）のようになって、すぐさま、ぼろぼろになるワーボルトの体。

ある程度溶けた所で、そのまま黒い煙と化す。

俺は酸の泡の発動をやめる。

何か対策があって突っ込んできたと思ったが、どうやら俺の勘違いだった。ゴブリン達の知能の高さ基準で考えていたが、どうやらワーボルトは並のモンスター程度の知能しかなさそうだ。

——そういえば、ゴブリン達にいいように狩られてたわ。あー。びっくりした。驚きすぎて、倍加の検証するの忘れてたよ。

黒い煙が渦巻き、一つの姿へと形作られていく。

「新装備っ！　……これは、手袋かな」

俺は地面に落ちた装備品を手に取る。

ひっくり返してみる。手袋の表面に、ぷにぷにとした物がついている。

「このぷにっとした物は、もしかして肉球……？」

俺はカニさんミトンを外し、肉球らしき物がついた手袋をはめると、ため息を堪えながらステータスを開いた。

――手につける物ってどうしてこう、ネタ名称の予感がするのか……

☆☆☆☆☆☆☆☆☆☆

氏名　朽木　竜胆
年齢　二十四
性別　男
オド　24（3減）
イド　19（4増）

装備品
ホッパーソード　（スキル　イド生体変化）
チェーンメイル　（スキル　インビジブルハンド）

ぷにぷにグローブ（スキル　ぷにっと注入）new!
黒龍のターバン（スキル　飛行）
Gの革靴（スキル解放　重力軽減操作　重力加重操作）

スキル　装備品化，廻廊の主
召喚
魂変容率　17・7％
精神汚染率　^D^％
☆☆☆☆☆☆☆☆☆☆

「ぷっ、ぷにっと注入？　装備品名だけじゃなくて、まさかのスキルまでネタ枠っ！」ステータス画面を見ていた俺は、頭を抱える。

カニさんミトンのこともあり、手につける装備品のネタ名称の覚悟はしていたが、さすがにこれは予想の斜め上だった。

「どうするよ、これ。試しに使ってみるか？」

俺は右手につけたぷにぷにグローブの肉球をぷにぷにしながら呟く。

「もしかしたら、すごいスキルかもしれないしな」

俺は気合いを入れ直し、右手のぷにぷにグローブを前にかざすと、口を開く。

「ぷにっと注入っ」

イドが勢いよく引き出されていく。

――っ、かなりの勢いだっ！

俺の瞳には、引き出されたイドがぷにぷにグローブの肉球に収斂していく様子が映る。

中央の大きめの肉球と、指部分の四つの小さな肉球。

それぞれに集まったイドが、肉球の収納限界を超える。

そのまま、肉球から弾き飛ぶようにして、イドがぷにぷにグローブから発射される。

しかし、ぷにぷにグローブから離れたイドはすぐさま霧散してしまう。

シーンと静まり返るネカフェ前の道。

「あれ、これだけ？」そこに居たのは、無駄にイドを消費しただけの俺。

「おかしいな。確かにイドは消費されたから、スキルは発動したはずだけど」

俺は首をかしげる。

「ぷにぷにグローブから離れた瞬間、イドが霧散したように見えた。ああ、そうか。ぷにぷにグローブの肉球が、何かに触れてないといけないのかな？」と仮説を立てた俺は、さっそく何かないか探してみる。

「――とりあえず地面でいいか」

と、両膝を抱えるようにしてしゃがみこむ俺。

足元のアスファルトにぷにぷにグローブをつける。

「ぷにっと注入っ」再び唱える。急速に引き出されるイド。

イドがぷにぷにグローブの肉球にたまり、弾けるようにして飛び出す。

飛び出したイドは肉球の形を保ったまま、アスファルトへ。

俺は立ち上がって、上からその様子を眺める。

「アスファルトにイドがついているけど。これがぷにっと注入のスキル？　何の役にたつの、これ」

そんな呟きがフラグだったのか、地面についたイドを中心に、アスファルトがぼんっと弾ける。

「うわっ」近距離で観察していた俺は思わず顔を手で庇う。

「びっくりした。なんだなんだ」と、手をどける。すると、目の前にちんまりとした物が見える。

それは、アスファルトでできた犬だった。

二本足で立っている、それの背の高さは俺の腰ぐらい。

顔は完全に犬で、何となく柴犬（しばいぬ）っぽい顔立ち。

ぬいぐるみというには精巧な見た目。

次の瞬間、それが、口を開ける。そして、ぺろんと舌を出して本物の犬のように呼吸を始める。

「動いたっ!?」俺はじっと様子をうかがう。

おとなしく立ったまま、こちらを見つめる犬の姿をしたそれ。

俺はそっと手を伸ばして触ってみる。

「あれ、意外と柔らかい」アスファルトの見た目に反して、硬くない。ゴムのような弾力がある。

「くぅーん」と、その二本足の犬が鳴いた。

新たな存在

「お手」

「ばうっ」と俺の手に前肢を載せる、アスファルト製の犬。

「おおっ、賢いね！　もしかして話していること、わかるのかな」

「ばうっばうっ」とまるで返事をしているかの様子。

「君は一体なんなんだい？　本物の犬には到底見えないし」

「くぅーん？」と首をかしげる、それ。

「そうか、わからないかー。名前とかもない——みたいだね。それじゃあ、何か名前をつけてあげるよ。ないと不便だしね」

「ばうっ！」

俺は頭を悩ます。

——あ、一応確認をしておくか。

俺はステータスを開く。

——ないか。ふうっ、良かった。もしかしたらステータスの召喚の欄に何か名称が出るかと思ったけど。これ、は召喚じゃないってことだよな。いや、もうアクアみたいなのが出てくるのは勘弁してほしいから、本当に良かった。

安心した俺は、さくっと思い付きで名前をつけることにする。

「……ファルト？」

「ばうっばうっ」と特に嫌がる様子もないファルト。由来は当然、あれ。安直すぎたかと一瞬、後悔するが、他に特に思い付かず。

「そうだ、ファルト。こっちに来てくれるかな？」と、この前から気になっていた例の案件を試すことにする。

そうして向かったのは、ネカフェの裏手の荒れ地。

「自分の足先に、土をかけてくれる？」

「ばうっ」とおとなしく言われた通りにするファルト。

――これは完全に意志が通じているな。

「オッケー。じゃあ、ちょっと、じっとしていてくれ」

そういうと、俺は背負っていた妖精の鍬を取り出し、振り上げる。

ファルトに当たらないように鍬を慎重に振り下ろす。

さくっ。

広がる魔法陣が、ファルトの土に覆われた足を包み込む。

……静寂が広がる。

――うーん。何も起きない、と。

俺はそれならばと、自分の足にも土をかける。この前は自制したが、こうなれば試しても良いだろう。

さくっ。

……やはり何も起きない。

「そうかそうか。動物には倍加は効かないんだろうな。草は、倍加で増えていたから対象は植物以下って所かな。うん、待てよ。とするとーーファルトは動物の括りになるってことか⁉　てっきりゴーレム的な物かと思っていたんだが……」と、ぶつぶつ呟く俺。ファルトがそんな俺をなぜか生暖かい眼差しで眺めていた。

＊

「ぷにっと注入っ！」

俺はぷにぷにグローブを当てていた車から手を離す。

少しのタイムラグの後、ぼふっという音が聞こえそうな感じで、それは飛び出してくる。

現れたのは、金属質な見た目で、ファルトと同じ姿をした存在。言ってみれば、ファルトのメタリックバージョンだ。

「よしっ。じゃあ君はあっちの集団と一緒に壁作りに参加してくれ」

俺はあれからぷにっと注入を、色々な素材に対して行っていた。

どうやら固形物ならなんでもぷにっと注入できるようなのだ。自動車にぷにっと注入すると、だいたい車一台で六回ぷにっと注入できる。そして六体の「ぷにっと」が生まれてくる。

ああ、「ぷにっと」というのは、ファルト達の仮の名称だ。何もないと不便だったのだが、いい名称が何も思い浮かばず、そのままとりあえず「ぷにっと」と呼ぶことにした。

色々試して、わかったこととしては、イドの消費はやっぱり結構ある。しかし、イド・エキスカベータを使用していれば回復が追い付く範囲の量。

それをいいことに、すでに数えきれないぐらいのぷにっとが周囲で立ち働いていた。

ぷにっと注入して生まれたぷにっとは、その元の素材に準じた体をしている、みたいだ。しかし、完全にその物ではないっぽい。

ファルトがゴムみたいな弾力があるように、さっき自家用車から生まれたぷにっとは、触ると柔らかい金属といった感触がする。自動車の部品の一部なのだろう。パイプとかが浮き出しているのだが、それも少し弾力がある。

そして、素材によって、ぷにっと達の性能に、微妙に差があるのだ。

ファルト達、アスファルト製のぷにっとは、その体の色と見た目が道路その物のため、道路に伏せるとかなり見つけづらい。

初めてファルトが本物の犬のように四つん這いになり、さらに伏せをした時は思わず二度見してしまった。よくよく見ればバレバレなのだが、ぼーとしていたら気がつかないレベルの同化っぷりに思わず感嘆してしまった。

町並みの中で、移動可能エリアで考えると、道路の占める割合というのは当然かなり高い。そういう意味で、ファルト達は隠密行動がなかなか得意なようだ。

その特性を活かして、ファルトをリーダーに、周囲の探索へ出てもらい、水と食べ物を探してもらっている。ちょうどあちらに見える青黒い一群が、皆アスファルト生まれのぷにっとだ。


そうしていると、さっそく、見つけた食品を見せに来てくれる。

「おおっ！　レトルトカレーじゃん！　こっちはパウチされたパックご飯っ。素晴らしい組み合わせだ。ファルト、わかってるねー」と持ってきたファルトの頭をごしごし撫でる。

「ばうっ！」

——すごい、とても一人で探していた時の比じゃない効率の良さだ。惜しむらくは戦闘が苦手、というか攻撃手段がほぼないことだよな。

と、俺はファルトの手や口を見ながら考える。犬のような顔をしているがその口に牙はないのだ。手足も、爪がなくてまるでぬいぐるみのよう。物を運ぶには十分だが、ぬいぐるみのような指は武器をしっかり持つのも難しい様子。

そんな俺の考えをよそに、撫でられて満足げに探索に戻るファルト。彼らを見送り視線を移す。

あちらの一群は、自動車から生まれたぷにっと達。彼らはどうやらファルト達より力が少しだけ強いようだ。どういう仕組みでそうなのかは、よくわからない。

いま現在、ネカフェの壁の補強をしてくれている彼ら。俺は初めて自動車からぷにっとを産み出した時のことを思い返して思わず苦笑してしまった。

ウシャ

そもそも、俺が自動車にぷにっと注入しようと思ったのは、ネカフェの前の道路がかなりの範囲で、剝げてしまったからだ。まあ、俺がアスファルトにぷにっと注入をしまくったせいなのだが。

——ちょっと調子に乗りすぎたかな。

剝げた道路を見回し、そんなことを考えながら後ろを振り向くと、ぷにっと達の犬顔が沢山。皆、思い思いにゴロゴロしている。

その様子、子犬が戯れているようで、思わずほっこりしてしまう。見知らぬ場所、見知らぬ敵。そして江奈のこともあり、知らず知らずのうちにたまっていたものが、ぷにっと達を眺めているとなんだか少しだけ軽くなった気がしたのだ。

そんなこんなで、その場にいたファルトに周囲の探索だけ頼むと、俺は次の目標を定めたのだ。

——よしっ。次はあの沢山停まっている自動車にしよう！　いまの所、沢山ぷにっとがいてもデメリットはなさそうだしな。

一番近くにあった自動車。

あまり縁がなくて車種はよくわからないが、よく見る五人乗りの物だ。

「さーて、アスファルトにぷにっと注入したのと、違いはあるのかな」

俺はぷにぷにグローブを自動車の車体に当てる。ぷにっと注入しすぎてハイになっていた俺は、ノリノリで叫ぶ。

「ぷにっと注入っ！」

もう、俺も手慣れたもので。あらかじめ反対の手で庇いつつ、顔は背けてある。

頬を押す、ぼふっという風。

それをやり過ごし、背けていた顔を戻す。

目の前に居たのはメタリックな姿のぷにっと。それが、サイドチェストをキメキメに決めていた。

一見ぬいぐるみのようなぷにっとが、必死の胸筋アピール。そのインパクトたるや、凄まじいの一言。可愛らしさとおかしさが相乗して押し寄せてくる。

俺は必死に吹き出すのを耐え、そのぷにっとに話しかける。

「あの、それ、キレてるね？」

ぱあっという音が聞こえてきそうなぐらい、そのぷにっとの表情が変わる。

ばうっばうっ言いながら、次々にポーズを見せてくれる。

「ありがとう、君の名前はウシャにしよう。ウシャは筋肉自慢なんだよね？」

両手を掲げてばうっと高らかに吠えるウシャ。

意味はわからないが、肯定だと思った俺は、自動車にぷにっと注入しながら、ウシャ達には何をしてもらうか、考える。

――力仕事がいいんだよな、多分。力仕事、力仕事か……

どんどん増えていく、自動車から生まれたぷにっと達。

均一なアスファルトから生まれたぷにっと達と違って、自動車から生まれた彼らは見た目がバラエティーに富んでいる。

あるぷにっとは、パイプが顔を這っていたり。別のぷにっとは、体にラジエーターの痕跡のようなものがあったり。

なぜか自動車生まれのぷにっと達は皆、力自慢のようで。そこかしこでぷにっと同士で、力比べをしている。

とあるぷにっとが、近くの民家に近づく。

その民家はこの前のゴブリンの襲撃で壊れてしまっていて、瓦礫やら木材が散乱している。

ぷにっとが、落ちている瓦礫を持ち上げる。

それを見ていた別のぷにっとが、近づいていく。そして、まるで俺の方が力持ちだと言わんばかりに、最初のぷにっとより大きな瓦礫を持ち上げようと踏ん張る。

さらにそれを見て、別のぷにっとも。まるで群がるように瓦礫に駆け寄るぷにっと達。

――ネカフェの周り、この前の襲撃で結構な建物が全壊なんだよな……。そうだ、瓦礫を片付けつつ、使えそうな建材でネカフェの壁とかドアとかの補強をしてもらうかっ。これなら力を使うしちょうどいいや。

俺はこうして、ウシャ達にネカフェの強化をお願いすることにした。

俺は自分の成果を眺める。

「壮観、だな。ある意味」

目の前には沢山のぷにっと達が立ち働いている。

目につく範囲の自動車はすべて消え、道路もアスファルトが剝げ、砂利道が広がっている。

途中からぷにっと注入自体が楽しくなってきてやりすぎてしまった感は否めない。

しかし、その分、数えきれないぐらいのぷにっとが生まれていた。

俺がぼーっとその様子を眺めている時だった。キャーという声が、ネカフェの入り口から聞こえてくる。

「江奈さん⁉」俺は何事かと走り出す。

そこには、目をキラキラと輝かせ、魔法拳銃を握った両手を口に当てるポーズの江奈。

その瞳が、忙しげにぷにっと達を見回している。

獲物を狙う、猛禽（もうきん）のような鋭い眼差し。

その視点が、一点に定まる。

その視線の先へ、すたすたと歩き出す。

流れるような動きで、両手の魔法拳銃は太ももに固定されたホルスターへ吸い込まれていく。

止まることのない歩み。

そしてフリーになった江奈の両手が、伸ばされる。

一体のぷにっとが、近づいてくる江奈のことをキョトンと見上げていた。

江奈の両手がそのぷにっとの両脇を掬い上げる。

幼児を高い高いするようにぷにっとを持ち上げた江奈。

そのまま、ぬいぐるみのようにぎゅっと抱き締める。

「ぷ、プリティ……」そんな呟きが江奈の口から漏れたのを、俺は聞いた気がした。

——意外に、元気そうなのかな？　足取り、かなりしっかりして見えたけど……

「朽木」

「何？」と俺。

「この子、ちょうだい」と埋めていた顔をぷにっとから持ち上げながら、江奈。

「ダメ」

この世の終わりかという表情で、こちらを見てくる江奈。

なぜか、罪悪感にかられながら、俺はぷにっと注入のスキルのこと、倍加のスキルのことも含め、実験した内容と考察を伝える。

「というわけで、ぷにっと達は生きてる、かもしれないんだ。物じゃないんで、勝手にあげたりするもんじゃないから、ね？　言葉は伝わるみたいだから、自分でお願いするのがいいんじゃないかな？」

という俺の話を聞いて、希望に満ちた表情で、相変わらず抱っこしたままのぷにっとに話しかけ始める江奈。

「ねえ、あなた。うちの子にならない？」

もぞもぞするぷにっと。

そっと江奈がぷにっとを下ろす。地面に降り立ったぷにっとは、手を挙げたかと思うと、大きくばつ印を作る。

「そ、そんな……。いや、そうよね、いきなりすぎたわね。ごめんなさい。まずはお友達から始めましょう」と、ころころと表情を変えながら、最終的にはにっこり笑顔で手を差し出す江奈。

なぜかこちらを見てくるぷにっと。

俺はとりあえず頷いておく。

その俺の様子を見て、おずおずと手を差し出すぷにっと。

腰を屈めた江奈は、自らの手の中のぷにっとの小さなお手々をそっと握る。その優しげな表情に俺は思わずぼーっと見入ってしまった。

気がつけば、周りのぷにっと達も江奈達の様子を立ち止まって見ている。

俺はちょうどいいかとばかりに近くに来ていたファルトとウシャを呼び、江奈にも声をかける。

「江奈さん、俺、ちょっと向こうのホームセンターの様子を見てくるよ。この二人のぷにっと、アスファルトから生まれた方がファルトで、自動車から生まれたのがウシャだから。ファルトにウシャ、俺が出掛けている間、江奈のことお願いね」

「朽木、私も行くわ」とキリッとした表情でぷにっととお手々を繋いだまま答える江奈。

「うーん。確かに元気に見える……」と言いかけた所で、江奈と手を繋いだままのぷにっとが、首を振っているのが目に入る。俺がそちらを見ると、ぷにっとがおでこに空いている方の手を当てている。

「熱あるの、江奈さん？」

俺が訊くと、ばつが悪そうにする江奈。

しかし、ぷにっとと、手は離さない。

「体調戻るまでネカフェで休んでてよ。ぷにっと達も、戦闘は得意じゃないみたいだけど、周囲の警戒ならできるしね？」と後半、ファルトに問いかける。

任せとけ、とばかりに胸に手を当ててお辞儀をするファルト。

そのポーズに目が釘付け（くぎづ）けの江奈。俺は気軽な素振りをできるだけ意識して、飛行スキルを発動。

「じゃ、ちょっと行ってくるから」

俺は飛行スキルで浮かび上がる。

こちらを見上げて手を振るぷにっと達の集団。

「気をつけてっ！」

江奈の声に軽く手を上げて応えると、俺は一路、ホームセンターを目指して飛び立った。

強襲

「さて、これぐらいならいいかな」

俺は眼下のホームセンターを見渡しながら呟く。

いまいる場所は高度で言えば目算だが、五百メートルはあるはず。これだけ上空からだと、大きなホームセンターと言えど、細かい部分までは見えない。

しかし、それでも豆粒のような影が、ホームセンターを出入りしているのが見える。

俺は荷物から双眼鏡を取り出す。これはファルト達が探索してとある住宅から見つけてきてくれた物だ。

「やっぱり。ゴブリンだ」

この高さ。逆に、地上から発見されてしまう恐れも、もちろんある。だが、これぐらいの高さにいれば鳥と見間違えてくれることを期待したい。

「そろそろ、かな」と、双眼鏡を目に当て、首を動かしながら呟く。

先ほどまでとは明らかに動きの変わる、ゴブリン達。

ホームセンターの正面口から、わらわらと溢(あふ)れるように出てくる。

「まだ、あんなにいたのか。これは一手間掛けといて良かったかも……」

どんどん出てきたゴブリン達の向かう先には、小さなゴブリン達よりもさらに小さいぷにっと達の姿があった。

そう、あれはネカフェを出発したあとに産み出したぷにっと達。

ネカフェの周りで作った彼らを連れてくるのは、何となく江奈が悲しみそうで。

前に空を飛んで見つけていたコンビニ。ホームセンターに来る前に寄って、色々と調達しておいたのだ。そして、実験がてら、ぷにっと注入をしてみた。

そのぷにっと達が、数人、てくてくとホームセンターまで歩いてきたのだ。

ゴブリン達にとっては見たことのない存在。ゴブリン達がぷにっと達を遠巻きに取り囲む。

——さすがに知能が高いだけあるな。むやみやたらに攻撃はしないのか。

ぷにっと達は、取り囲まれたのを気にした様子もなく、進み続ける。

その平然とした様子にゴブリン達が戸惑うのが、上空にいても伝わってくる。

顔を見合わせるゴブリン達。しかし、すぐに気を取り直したのか、手にした工具を振りかぶり、ぷにっと達を叩き潰そうと駆け寄る。

ぷにっと達が手にした物を両手で持ち上げる。

それは、コンビニでお借りしたライター。

小さなぷにっと達のさらに小さな手で、それらに火がつけられる。口許に火を近づける。

そして口から、勢いよく吐き出される液体。

液体はすぐさま引火する。

簡易的な火炎放射器のように、火のついた灯油が、ゴブリン達に降り注ぐ。ガソリンスタンドでゴブリン達がガソリンを使っていたのを、参考にさせてもらったのだ。

コンビニで集めたペットボトル。中身は残念ながら腐っていたので破棄。そして同じくコンビニで売っていた灯油。

――ここら辺、これから冬になると寒くなるんだろうな。ガソリンスタンドは電気が来てなくてガソリンは用意できなかった。灯油だけでもコンビニに売ってて良かったよ。

その灯油を手動のポンプでペットボトルに詰め、ぷにっと注入をしたのだ。実験というのは、ファルト達やウシャ達の元になった物よりも小さな物、かつ液体入りに、ぷにっと注入をしたらどうなるかというもの。

その実験は無事に成功したといえる。

小さなぷにっとができたのだ。

そしてその体の中には灯油が液体のまま、存在。しかも彼らはそれを吐き出すことができた。

そして、いま。

眼下は阿鼻叫喚（あびきょうかん）の火炎地獄と化していた。

火のついた灯油を被ったゴブリン達が暴れまわっている。その火がホームセンターの一部にまで引火し始めている。

たなびく黒煙。

それは、残念ながらペットボトル生まれのぷにっと達も例外ではない。

灯油を吐き出す際に失敗したり、火のついたゴブリンに接触したりして、ぷにっと達も燃えてしまっている。

しかし、火のついたぷにっと達は一体でも多くのゴブリンを燃やそうと、その動きを止めない。

――すまない、ぷにっと達……

俺はこの隙にと、ホームセンターの屋上の駐車スペースめがけ、急降下を開始した。

たなびく黒煙に紛れるようにして、一気に降下していく。

ホームセンターの屋上間際で、急制動。

飛行スキルを全力で上方にかけ、落下の加速を打ち消す。

内臓が持ち上げられ、こみ上げてくる吐き気に耐え、着地する。

――何度か似たようなことしているけど、この吐き気はいつまでたっても慣れないな……

俺は辺りを見回す。駐車されたままの自動車の間を縫うようにして走り出す。目指すは上空から見て把握しておいた下り階段。

――二ヵ所のうち、ホームセンター正面から遠い方だから……よし、ここだ。

やはり電気が通っておらず動かない自動ドアを力ずくで開ける。

閉めとくか、一瞬迷う。しかし、何となく勘で開けたままにしてそのまま中へと侵入。

目の前には電気の切れた自販機。左手には止まったエレベーターとエスカレーターが。

俺は一瞬、エスカレーターでもいいかと迷うが、当初の予定通り階段を探すことにする。

ちょっと奥まった所に隠されたように設置された階段がすぐに見つかる。俺は足音をなるべく立てないよう、全身へ重力軽減操作をかける。

慎重に、しかし急いで階段を下りていく。

──無いとは思うけど、人が万が一残っていたら、焼き殺しちゃうことになるからな。ゴブリンだけなら外からぷにっとを大量投入して火をつけるだけの簡単なお仕事なんだけど。

最初の踊り場直前まで、降りてきた。

俺はしゃがみこみ、そっとホッパーソードの切っ先を差し出し、鏡がわりにして先を確認する。

──何もいない、な。次の踊り場も折り返しているだけか。下の階まで何回か折り返す構造か。

俺はそのまま下へ降りていく。

三回目の踊り場でも、同じようにして、ホッパーソードを差し出す。

──いたっ！　四階の入り口か。敵を見つけるのが、予想よりも早い。外の騒ぎにも持ち場を離れないか……。

俺は気がつかれないように素早くホッパーソードを引き戻すと、手すりの下の壁に背中を押し付ける。

ゆっくりと深呼吸。

目の前にカニさんミトンを構える。

イドをこめ、酸の泡を一つ。

そのまま壁を回り込むようにして身を乗り出す。

階段の下に、ゴブリンの後ろ頭が一つ。

酸の泡を打ち出す。

無音のまま空を飛び、ゴブリンの頭へヒット。

ジュウッッという肉の溶ける音。

飛行スキルで一気に階段を飛び降りていた俺は、そのままホッパーソードを横薙(な)ぎにする。

叫ぼうとしたのだろう。口を開き息を吸い込んだゴブリンの喉を酸が焼く。

声帯が震える直前、俺のホッパーソードがゴブリンの首を後ろから掻(か)き切る。

溶けながらポトリと落ちるゴブリンの首。

俺は踊り場に激突しそうになりながら何とか反転。両足と片腕を床につき、衝撃を逃がす。

ちらっとゴブリンを見るが、明らかに息絶えている。俺は死体の隠蔽はしないことにして、四階フロアへと進もうと立ち上がる。

目に入る、椅子やごちゃごちゃの家具。

階段からフロアへと続く通路には、バリケードと呼ぶに相応しい物が築かれていた。

バリケードの先には

俺は手早くバリケードを調べる。

乱雑に積み上げられただけ、と思いきや。よく見ると、内部の方に細い金属が見える。どうやら、チェーンで様々な家具等が固定され、バリケードが作られているようだ。

「これは、厄介だな……。うん？　あれは」

俺はバリケードの下の方を見ようと屈みこむ。

「ここに、小さな穴があるな。奥まで続いてそうだ。この大きさ……。ゴブリンサイズか、これは」

ざっと調べた結果に、思わず顔をしかめてしまう。

――どうする。酸で溶かせば通るのは容易(たやす)いけど、かなり物音がしそうだ。慎重にチェーンを切って、重力軽減操作をかけて一つ一つどかしていけば静かにできそうだけど、時間が掛かりすぎる。スルーして下のフロアへ行くか。いや、見張りまで居たんだ。このフロアは確認しておいた方が良(い)い気がする。よしっ。

俺はカニさんミトンを構える。

イド・エキスカベータを形成。

限界までイドを汲み出す。俺の体に満ち、すぐに溢れそうになるイド。俺は気にせず、酸の泡の生成にイドを注ぎ込む。

一つ二つ。そして一気に数を増していく、酸の泡。

掲げた俺の左手のカニさんミトンの周囲から。そしていまいる踊り場を埋め尽くさんばかりに、泡を展開させていく。

黒く染まった俺の瞳からポタポタと黒いものが垂れ始める。

――これが、限界か……

俺は乱暴に右手の二の腕で顔を拭うと、呟く。

「穿て」

限界までその数を増やした酸の泡が、バリケードへと殺到する。

泡が触れる端から、バリケードを作っていた物が溶け落ちていく。

金属とゴム、木材の溶ける体に悪そうな臭いが密閉空間に近い踊り場に充満する。

辺りに響く、ジュウッという音。そして、溶け残った破片が床に叩きつけられ、騒音を奏でる。

「やっぱり、うるさくなるよねー」

壁の一部まで溶かした大量の酸の泡は、その役割を無事に果たす。目の前のバリケードには、大穴があいていた。

――ここからは時間との勝負だろう、な。

俺は覚悟を決めると飛行スキルを発動。一気に四階フロアへと飛び込む。

そこは屋上に引き続き、駐車場のようだ。

低い天井にぶつからないように気をつけながら、四階、駐車場フロアを飛ぶ。

ゴブリンの気配は、ない。

すぐに駐車場に、違和感を感じる。

——車が、端に寄せられている？

明らかに駐車用のラインを無視して、自動車が端に密集して置かれている。その代わり、フロアの中央に広いスペースが作られているようだ。

俺は飛行スキルを切り、中央スペースに隣接して置かれた自動車の上へと、降り立つ。

身を低くして中央スペースを観察する。

そこにあるのは、数台のバン。そしてドラム缶に、椅子らしき家具。さらには鍋や食器。

明らかに煮炊きしたような跡も見える。

その時だった。

一台のバンのドアが開く。

開いたドアからそっと顔を覗かせる、何か。

それは、不安そうな表情をした、人間の子供のものだった。

バンのドアから首だけ出し、その子供はキョロキョロと辺りを見回す。

——うわっ。人いたよ。けどまさか、子供とは。確認しに来ておいて、本当に良かった。

問答無用でホームセンターに火をつけなかった過去の自分の判断にほっとしつつ。

「いやはや、どうしよう、これ」思わず漏れる呟き。

俺は頭を抱えたくなりながら、立ち上がると、床へと飛び降りる。

ビクッとこちらを向く、その子供と目が合う。

子供とは思えない険しい視線が、俺の瞳へ向けられる。

――あっ、フード着けてなかった。こんな状況で瞳が真っ黒の人間見たら、そりゃあ、警戒して当然か。

声をかけようとした俺より先に、その子供が半身をバンから覗かせ、問いかけてくる。

「……おじさん、誰」子供特有の、少し甲高い声。

「お、おじ……あー。こんにちは。俺は朽木。冒険者なんだが――。君の名前、訊いても？」

「……冬蜻蛉（ふゆとんぼ）」

「冬蜻蛉さん、か」

――とりあえず、名前は訊けたぞ。しかし、冬蜻蛉。ずいぶんと珍しいな。苗字（みょうじ）か、名前か。

いやハンネとかの可能性もあるのか。

俺が黙り込んでしまうと、再び冬蜻蛉が口を開く。

「朽木は、あいつらの仲間なの？」

真剣な表情。その瞳が、諦めと希望の狭間（はざま）で揺れ動く。

――あいつら？　ゴブリンのことか？

「あいつらってのが誰かわからないからはっきりと言えないけど、違うと思うよ。いま、俺の仲間は一人だけ、だから」

「ならっ！　ここから僕達を助けてっ」と、バンから飛び降りながら、抑えた叫びを上げるその子供。

何枚も重ね着された大人用のジャンパー。裾が、飛び出す動きに合わせてはためく。

近くで見ると、ジャンパーの下から覗く服もぶかぶか、顔もだいぶ汚れている。

しかし、最初に思ったよりも幼くないみたいだ。多分、十歳は超えている気がする。

――ジャンパー、何枚も重ね着しているの、初めて見た。しかも大人用でサイズ感が……。いや、そんなことよりも聞き捨てならない台詞があったような？

俺は嫌な予感にとらわれながらも、問いかけてみる。

「僕達って？　――えっと、何人いるのかな？」

冬蜻蛉は重ね着したジャンパーの間に手を突っ込む。ちらっと目に入った限りだが、様々な物がジャンパーの間に吊るされているようだ。

取り出された冬蜻蛉の手には、体育の授業で使うようなホイッスル。

冬蜻蛉が短くホイッスルを鳴らす。

周りのバンのドアが開く。

するとそこからぞろぞろと、子供達が降りてきた。

脱出

ぞろぞろと車から降りてきた子供達。

それぞれ出てきた車から、ある子供は小走りに。また別の子供は怖いのかそろそろと、こちらへ向かってくる。

冬蜻蛉の後ろに隠れるように子供達が並ぶ。

——冬蜻蛉を入れて、七人、か。しかし、ゴブリンの巣窟のようなこんな場所で、よく生き残っていた。いや、閉じ込められて生かされていた？

俺は、脱線しそうになる思考をとりあえず後回しにすることに。

——いやいや。いまはそれよりもどうやって逃げるかだ。この人数だと、さすがに全員抱えて飛ぶのは無理だよな。

改めて全員を見回す。

どうやら冬蜻蛉が最年長のようだ。皆、うっすらと垢(あか)にまみれ、服装もサイズの合っていない、だぼだぼの物。しかし、ジャンパーの重ね着のような奇抜な格好は冬蜻蛉だけだった。

——ここが、平行世界だか、異世界だかで。ジャンパーの重ね着とか実はここではありきたりな服装って可能性も考えていたんだけど。他の子を見るに、冬蜻蛉のセンスが変なだけか。

再び思考が脱線する。子供七人も連れて脱出するという無理難題に、無意識のうちに思考放棄してしまっていたのかもしれない。

ボーッと重なったジャンパーの裾を眺めていたせいか、そのタイミングでこちらを睨んでくる冬蜻蛉。まるで俺が失礼なことを考えていたのがバレているかのようだ。

俺は誤魔化そうと、急ぎ質問を投げ掛けてみる。

「この建物にいる人間って、ここにいるだけ、かな？」

その俺の質問に顔を見合わせる子供達。

何人かは下を向いてしまう。

どうやら迂闊にも、地雷な質問だったみたいだ。

「――もう残っているのは僕らだけだよ」

強めの口調で、やや早口で告げる冬蜻蛉。その鋭い眼に、いままで何を映してきたのか、思わず想像してしまう。

「そう、か。すまない」

「――それで、逃げられるの？」と俺の謝罪に軽く頷き、冬蜻蛉が尋ねてくる。

「あ、ああ。そうだな。急ごう。何としてでも助けるよ。歩けない子はいるかな？」

無言で首を振る冬蜻蛉。

「よし、じゃあ……」

「二分待って。準備するから。猫林檎」と、冬蜻蛉が別の子供に声をかける。

「はいよ、アネキ」と、猫林檎と呼ばれた子供が走っていく。

それを見送った冬蜻蛉は、残った子供達の方を向くと、ぎゅっと抱き寄せ、小声で何かを語りかけ始める。

なんとなく聞いてはいけない雰囲気を感じて、俺はそっぽを向いておく。そこへちょうど駆け戻ってくる猫林檎。手にはリュックサックが二つ。

話を終え、すっと立ち上がった冬蜻蛉は、リュックサックを受け取りながら口を開く。

「お待たせ。さあ、いいよ」と準備とやらが終わったことを告げる。

「よし、こっちだ」俺は子供達を引き連れ、先ほどの階段へと向かって歩き出した。

「ねえ、朽木の武器はその変わったナイフだけ？　銃とかないの？」と俺の横で階段を下りながら冬蜻蛉が訊いてくる。

「銃はいまは持ってないな……。あとはこれ？」と、俺はカニさんミトンを掲げる。

「なにそれ？　それであの妖精達を殴るの？」

俺は階段の上下、特に子供達がいる上を警戒しながら、その質問に少し考え込んでしまう。

——妖精？　ああ、ゴブリンのことをそう呼んでるのか。そういや装備品化した時に妖精の鍬になったっけ。

と一人納得した俺。横には、不安そうな表情の冬蜻蛉。どうやら俺の保有火力に不安がある様子。

「こうやって使うんだよ」

と、俺は階段の手すりに向かって極小の酸の泡を発射する。

じゅっと音をたて、手すりが溶ける。

「きゃっ」という声が、驚きのあまりか、冬蜻蛉の口から漏れる。

「あっ、ごめん。驚かすつもりじゃあなかったんだ。遠距離攻撃の手段もあるって言うのを……」

と、そこまで話して気がつく。驚愕（きょうがく）に見開かれた冬蜻蛉の眼差しに。

「冒険者って、こういうこと、できるの？　超能力？　魔法？」

まるで冒険者を初めて見たような冬蜻蛉の物言い。不思議な気分になりながら、俺は答える。

「あ、ああ。これは魔法だね。泡魔法。……もしかして、冒険者っていないの？」

答えようとする冬蜻蛉。しかし、その時だった。階下からゴブリン達が上ってくる。

踊り場の階段の曲がり角からぴょんと飛び出したゴブリンの顔。俺の背後の子供達の姿を見たのか、険しくなる。

俺は階段を飛び降りるようにして、そのゴブリンに襲いかかる。

ゴブリンが手に持つ鉈（なた）を振り上げようとする。

——遅い。

俺は飛びかかりざまに、逆手に構えたホッパーソードをゴブリンの顔面へ突き刺す。柄を自らの体に当てるようにして、押し込む。

そのまま後続のゴブリンごと、押し倒す。

——あと、二匹！

すでにこちらへ向かってきているゴブリン。手の届きそうな位置まできたゴブリン達の前に、カニさんミトンで酸の盾を展開。

顔面から酸の盾に突っ込むゴブリン達。

ゴブリン二匹の顔の肉が、溶け落ちる。

ホッパーソードに刺さったゴブリンの体を踏みつけながら、重力加重操作。刺し殺したゴブリンの下敷きになったゴブリンを力任せに踏み殺し、ついでにホッパーソードを抜く。

そのままの勢いで、顔面が溶け、声すら出せずに悶(もだ)え苦しむゴブリン二体に止めを刺していく。

「……すごい」背後から聞こえるのは、冬蜻蛉の感嘆の声。

俺はその時になって、ようやく子供に見せる物じゃなかったと気がついた。

ホームセンター一階

「朽木、見た目より強い……」と背後で冬蜻蛉の驚きの声。

俺は、無表情を装う。見た目、弱そうって言われてるに等しい点は華麗にスルー。大人の矜持を総動員して。

しかし、振り返りざまに作った笑顔は、少し引きつってしまった。まあ、まだまだ人間ができていないなと自嘲しながら、階段の上からこちらを見下ろしている子供達の顔色をうかがっていく。

ゴブリンの血と溶けた肉まみれの踊り場を見下ろす子供達の顔には、不思議とショックを受けている様子は見えない。

どちらかといえば、そこにあるのは、興奮と称賛の表情。

俺は少しほっとするとともに、これまでの彼らの見てきたものを思って、哀しみがわいてくる。

しかし、いまはそれどころじゃないと気を引き締める。

引き続き子供らを連れ、階段を下りていく。だんだんと薄暗さが増していく階段。そして最後の踊り場を過ぎ、ついに一階フロアが見えてきた。

——見張りはいない？　さっきのゴブリン達が見張りだったのかな。

俺は子供達に階段で待っていてもらうと、一階フロアへの出口すぐ横の壁に背をつける。

そっと差し出すホッパーソード。

剣先を使って一階フロアを確認する。

まず目に入るのは、遠くに見える日の光。

どうやらホームセンターからの出口のうちの一つが近くにあるようだ。

階段近くに窓がなく、周辺が薄暗いなか、その出口から差し込む光がいっそう目立つ。

――出口だっ！　距離は五十メートルないぐらいか。しかし、薄暗いな。商品棚が出口に向かう左側の通路に並んでいる。右側は何かのテナントか。これじゃあ物陰にゴブリンがいても……

俺は薄暗いなか、うっすらと見える店内の様子を見ながら考える。

――一気に駆け抜けるべきか、それともそっと進むべきか。さっきの戦闘音で、応援が来るかと思ったけど……

考え込んでいると、一匹のゴブリンの姿が剣先に映る。

間の悪いことに、出口から、俺達のいる階段の方へ向かってくる。

――あれ、もしかして大きい？　ここらのボスか？

剣先という鏡越しで見ていたせいで気がつくのが遅くなってしまった。俺は急いでホッパーソードを引くと、子供達に物音を立てないようにジェスチャー。

静まり返った一階フロア。と、思ったのもつかの間、ズルズルと何か引き摺る音に混じって、コツコツという靴音が、響き始める。

俺は思わず子供達を見る。しかし、誰も動いた様子はない。

——誰の靴音だっ⁉　あのでかいゴブリンは靴なんて、はいてなかったぞ。もしかして、他にも人がいた？

俺は危険を承知で、そっと片目だけ出るように顔を覗かせる。

目に入ってきたのは、痩せたシルエットの人影。

どうやら商品棚の間から歩いて出てきたようだ。

薄暗いなか、はっきりと見えないが、手にした柄の長いハンマーを引き摺っている。

人影が、出口からの光の中に入る。

ひどい猫背に、高い身長。手足も細長い。

パッと見た目で、蜘蛛（くも）を思わせるような男だ。

それが巨大ゴブリンの方へと向かっていく。

——あれは確か、長柄両口ハンマー？　もしかしてあんな武器で戦うつもりか。無謀なっ！

俺は思わず、男に加勢しなきゃと、一階フロアへと飛び出していた。

蜘蛛のような男が、巨大ゴブリンの目の前で立ち止まる。

——遠いっ！　間に合わない！

「おいっ！」思わず声をあげる俺。

巨大ゴブリンと蜘蛛のような男がこちらを向く。

様子がおかしい。

巨大ゴブリンが男に襲いかかる感じがしないのだ。

とっさに急停止する俺。

巨大ゴブリンが懐に手を入れるのが見える。

首筋がチリチリするような嫌な予感にかられ、俺は飛行スキルを発動。天井に向かって跳ね上がろうとする。

巨大ゴブリンが懐から手を出しざま、何かを投擲してくる。

そんな投げ方で放たれた、無数の金属。しかしそれらは、プロ野球選手の豪速球並みの速度で、散弾のようになりながら俺へ迫りくる。

一瞬前まで俺がいた空間を切り裂き、背後の壁に突き刺さる巨大なナットやネジ。それが投げつけられた金属片の正体のようだ。

天井に着地した俺はそれを見ながら、冷や汗をぬぐう。

——なんて速度だ……

平然と一連の様子を眺めている、蜘蛛のような男。

そいつ、見た目は人間だがゴブリンの仲間なんだと、俺は確信する。それとともに、無闇に飛び出してしまったことを後悔する。

——くっ、あれもモンスターなんだよな？　こっちの世界は色々と違っていて厄介だな……

再び懐に手を入れる巨大ゴブリン。

「やばっ」俺は天井の壁を思い切り蹴って、飛行を再開する。そのまま天井すれすれをまっすぐに巨大ゴブリンの方へ。

俺の飛ぶ跡を追うようにして、天井に次々に突き刺さる金属片。

すべてを避けきり、あと一息で巨大ゴブリンの頭上という時。

目の端に映る、飛び上がってくる影。

俺は空中で、強引に体を捻る。

蜘蛛のような男が、あり得ないぐらいの脚力で飛び上がり、手にしたハンマーを俺に向かって叩きつけてきた。

俺の顔面すれすれを通り、天井に叩きつけられたハンマー。

風圧で前髪が揺れる。

それだけで、なぜか肌がぞわぞわする。

蜘蛛のような男の無機質な瞳が、ギョロリとこちらを覗きこむ。

本能的にその男から離れようと、俺は天井を蹴る。そのまま巨大ゴブリンを先に始末しに、その頭部を狙いに行く。

その間に、巨大ゴブリンが再び懐に手を入れていた。

知覚が加速され、ゆっくりと流れ始める時間。

それでも驚異的な速度で俺へと迫る、巨大ゴブリンの投擲。

——くっ、回避は無理。酸の盾じゃあ、溶かしきる前に突破される。こうなったら、怪我覚悟でっ。

俺はクロスした腕で顔面を庇い、頭から垂直に落下する。

——イド生体変化。

次々に、クロスした腕に突き刺さる金属片。それも釘ばかり。

まるで釘バットのようになる、俺の両腕。

しかし、硬化させたおかげで、何とか貫通することだけは防ぎきる。

そうして、巨大ゴブリンの投げた無数の釘を、強引に突っ切る。

開けた目の前には、巨大ゴブリンの首筋。

俺は釘が刺さり、満足に動かない左手で、何とかそこに触れる。

——強制酸化っ。

通りすぎざま、カニさんミトンで触れていたゴブリンの体の部位が酸化していく。それは巨大ゴブリンの首筋から始まり、背中へと。

そして、迫りくる地面。

俺は床をごろごろと転がるようにして、巨大ゴブリンから離れる。その後を追うようにして、溶けて、縦に半分に裂けた巨大ゴブリンの体が倒れこんできた。

下敷きになることを免れた俺は、急ぎ立ち上がる。

いまごろになって襲ってくる激痛。

なぜかぼーっとこちらを見ている蜘蛛のような男が何もしてこないのを良いことに、俺は急ぎイド生体変化で腕の怪我を治していく。

肉が盛り上がり、釘が押し出される度に、言葉にできないぐらいの苦痛が走る。

なぜかそんな俺の様子を興味深げに眺めている蜘蛛のような男。

男が口を開く。

「お前さん、それ、スキル付きの武器だな」と、何がそんなに楽しいのか、ニタニタ笑いながら。

俺は無言で突然話し出した男を見つめる。男の言葉に、警戒を強めながら。

「どうだい、お前さん、取引しないか？」と蜘蛛のような男がハンマーを肩に担ぎながら、そんなことを言ってきた。

取引

俺が男に答えようとした時だった。

カランカランという音が、響く。

ばっと振り向く男。

その視線の先には、なぜか俺達の方へ近づいてきていた冬蜻蛉の姿が。その手には、出刃包丁。

足元には、別の料理器具らしき物。

先の争いで乱れていた棚の商品だろう。冬蜻蛉がぶつかるか何かして、落としてしまったようだ。

――どうして出てきた、冬蜻蛉！

俺は歯がみする思いで冬蜻蛉を見る。

顔面蒼白(そうはく)でこちらを見ている冬蜻蛉。

その俺達の様子を、口が裂けんばかりに嗤(わら)いながら蜘蛛のような男が声をかけてくる。

「お前さん、子供を助けたいんか。子供を守りながら、戦えるか、見ものだな」肩にかけていたハンマーを下ろし、ゆらりと冬蜻蛉の方へと歩き始める男。

「待てっ！　取引の内容は？」俺は、とっさに男を呼び止める。頭にちらつくのは、先ほどの跳躍の時に垣間見た男の素早さ。

「ははっ。そうこなくっちゃねえ。なーに簡単さ。お前さんのスキル付きの武器、全部置いてきな。そしたらお前さんは見逃してやんよ」

「……ふう、さすがにそれはふっかけすぎじゃないか？　えっと、あんたの名前は？　俺は朽木」

俺は論外な男の要求に、とりあえず時間稼ぎをしてみる。ホッパーソードをしまい、両手を広げながら。

「はっ。やっぱりそれ、スキル付きなんだな！　しかも、複数個持ち！　超ラッキーだぜ。冥土の土産に教えてやんよ。お前さんを殺すのは、この白蜘蛛様さっ」と叫びながら、こちらに突っ込んでくる白蜘蛛。

――くっ！　かまをかけられただけかっ。やられた。最初からこっちのこと殺すつもりってことか！

俺はホッパーソードを抜き放つ。

長い足で、急速に間合いを詰めてくる白蜘蛛。

再び、ゆっくりと流れ始める時間。

――少なくとも、冬蜻蛉からは離れたっ！

白蜘蛛は移動の速度を上乗せし、ハンマーを斜め下から振り上げるようにして叩きつけてくる。

俺は軽く後ろに跳びながら、ホッパーソードでそれを受ける。

衝撃。

俺の体が後方へとはじき飛ぶ。

しかし、それは狙い通り。

空中で、俺はカニさんミトンを白蜘蛛へ向けると、酸の泡を撃つ。

白蜘蛛はハンマーを振るった勢いのまま、回転しながら地面に這いつくばるように姿勢を落とす。両手足を床につき、俺の酸の泡をくぐるようにしてかわす白蜘蛛。まるで本当の蜘蛛のようだ。

その時だった。

耳をつんざく打撃音。周りにあったはずの棚が、俺に向かって迫りくる。

その数、二つ。

十字砲火のように俺へと迫りつつある棚。その空飛ぶ棚から、商品がゆっくりと撒き散っていく様子が、俺の瞳に映る。

飛び散る商品の向こうに見えるのは、先ほど倒した巨大ゴブリンと同種とおぼしき個体。それが、二体。

――巨大ゴブリンっ、ボスじゃなくて量産タイプだったのか。時間稼ぎをしていたのは向こうの方だったか。しかも、まんまと十字砲火の交点に追い込まれた。完全にやられたっ。

俺は自嘲ぎみに笑ってしまう。そして、ここしばらく控えていた、全力を出すことを決意する。

漆黒に染まった瞳から、だらだらと血がしたたり始める。それは俺が限界を超えて汲み取り出したイドの代償。

その血すらも黒く染まり。真っ黒な血が、俺の顔にその跡を残して顎先からホームセンターの床へと向かって滴となる。

その滴が俺の顎先から離れた、ちょうどその時。片足が床につく。そして、目の前には一つ目の商品棚。

身に溢れる、過剰な程に引き出したイド。それを、自身にかけた重力加重操作に注ぎ込む。床にめり込む片足。

そしてさらにイド生体変化のスキルの二重使用。

高速でぶつかってきた商品棚がへし折れるようにして、俺の体を基点に二つに千切れ、後方へと飛び去っていく。

そこへ、さらに横から二つ目の商品棚。

そう、イド生体変化で全身を硬質化させた俺の体。それが楔（くさび）のように、ぶつかってきた勢いを利用し、商品棚を再びへし折る。

当然、体は重い。

硬化するために変化させた肉体、かつ床に体を固定するためにかけた重力。

加速する意識とは反対に、体の動きは遅々としてしまう。

へし折れた商品棚の陰から、飛び出してくる白蜘蛛。どうやら止めを刺そうとしていたのだろう。ハンマーをふりかぶった姿勢で、俺と目が合う。

健在な俺の様子に、白蜘蛛の目が驚愕に染まる様子がわかる。

しかし、振り下ろさんとするハンマーの動きは止まらない。

俺の額へ振り下ろされる、ハンマー。

硬質な音が辺りに響く。それは、まるで金属を殴り付けたかのような音。

そう、商品棚の高速の激突に耐えうる俺の硬化した肉体なら、当然、受け止め可能な程度の衝撃。

俺はそのまま額の接触面を通じて、白蜘蛛の持つハンマーに重力加重操作をかける。

と同時に、足を床から引き抜き、一歩後退。

ハンマーの重さに耐えきれず、地面に激突する白蜘蛛。

一歩、前進。そして、もう一歩。

ちょうど靴の下にきた、白蜘蛛の首。

そのまま、靴が床に埋まる勢いで、踏みしめる。

革靴の底を通しても伝わってくる骨の折れる感触。

気道に残っていた空気の生み出す断末魔の声。

しかし、できるだけそれらを気にしないようにして、俺はまだ残っている巨大ゴブリン二体へと、意識を強制的に向ける。

視界に映る、巨大ゴブリン達。しかし、様子がおかしい。

攻撃の意志が感じられない。

それどころかまるで操り人形の糸が切れたかのごとく、ぼーっとそこに佇むのみ。

俺は訝しく思いながらも、いまがチャンスとばかりに二体に酸の泡を撃ち込む。

まるで避ける様子もない二体。

巨体を包み込む酸の泡。

体が溶け始め、ようやく反応を見せる巨大ゴブリン達。しかし、時すでに遅く、そのまま体は溶け落ちていく。

俺は踏みつけたままだったかつて白蜘蛛だったものから、足をどかす。

装備品化が発動しないことを改めて確認する。一度、目をつぶると、カニさんミトンを外した左手で額を何度も撫でる。

――やっぱり人間だったんだよな、こいつ。

大きく息を吐いて、とりあえずいまやるべきことに集中しようと周りを見る。

目にはいる、白蜘蛛の使っていた長柄のハンマー。やはり、なぜか、首筋がぞわぞわする。

そっとしゃがみこみ、左手でそのハンマーに触れてみる。

――額に当たった時は何もなかったから、大丈夫だとは思うんだが……。しかし、この感覚はなんだ？

特に、何も起きない。そっと持ち上げると、何となく俺はステータスを開いた。

白蜘蛛の秘密

俺は、開いたステータス画面を見て、思わず手にしたハンマーを投げ捨てる。

気がつくと無意識のうちに、手のひらを服に擦り付けていた。

——なんだこれ、気持ち悪い。

俺は、思わずしゃがみこむ。

背後からおずおずと近づいてくる足音。軽い足音は冬蜻蛉かと頭の片隅で考えながら、俺の頭は先ほど見たステータス画面の内容でいっぱいだった。

「朽木、大丈夫？　倒した、んだよね。あいつら」

「ああ。倒したよ」

俺は子供の前でこんな無様な姿を見せられないと、気合いを入れ直して立ち上がる。わずかによろけるが、何とか立ち上がることには成功する。

見ると、冬蜻蛉は爪先で白蜘蛛の首の折れた死体に触れている。

冬蜻蛉の爪先の動きに合わせ、ごろんと転がる白蜘蛛の首。

「このっ！」突然、死体を蹴り始める冬蜻蛉。たまりにたまった怒りが噴出するかのように。

その背中から漂うのは、怒りと悔恨の雰囲気。

突然の冬蜻蛉の行動に、俺は感じていた気持ち悪さも忘れて呆然（ぼうぜん）としてしまう。

俺はなんと声をかけようかと、迷う。

その間も続く、冬蜻蛉の蹴り。

言葉が見つからず、それでもおずおずと伸ばした手が冬蜻蛉に届く前に、動きが止まる。

「はぁ、はぁ」荒い息をつく冬蜻蛉。

振り向いたその頬は涙に濡（ぬ）れている。冬蜻蛉と目が合う。

馬鹿みたいに腕を伸ばしたままの俺。心配されているのがわかったのか、一度目を伏せ、呟くように口を開く冬蜻蛉。

「妹が、いたの。生意気だったけど、元気いっぱいで。いつもいつもお姉ちゃんお姉ちゃんってついてきてて」

「うん」

「あいつらに連れていかれて、結局、そのまま戻ってこなかった」

「……そうか」

「仇（かたき）をとってくれて、ありがとう……」ぼたぼたと床を濡らす、滴。

俺は、白蜘蛛のハンマーを手にして見たステータスのことが頭をちらつき、満足に冬蜻蛉に答えることすらできなかった。

☆☆☆☆☆☆☆☆☆☆

氏名　朽木　竜胆
年齢　二十四
性別　男
オド　25（2減）
イド　11

装備品
革新の長柄両口ハンマー（スキル　幼生体ゴブリン化）new!
チェーンメイル（スキル　インビジブルハンド）
カニさんミトン（スキル解放　強制酸化　泡魔法）
黒龍のターバン（スキル　飛行）
Gの革靴（スキル解放　重力軽減操作　重力加重操作）

スキル　装備品化，廻廊の主
召喚
魂変容率　17・7％
精神汚染率　^D'％
☆☆☆☆☆☆☆☆☆☆

初めて俺の装備品化以外でスキル付きの武器が表示されたステータス。そしてそこに付与されていたスキルの字面から自然と連想してしまう、最悪の想像。

なぜかホームセンターに集められていた子供達。普段は閉じ込められ放置され、時間をおいて徐々に連れ出されていたのが、冬蜻蛉の言葉の端々からわかってしまう。

――冬蜻蛉がそのことにどこまで気がついているのか、わからない。どうしよう、迂闊なことが言えない。

その時だった。はっと天井を見上げる冬蜻蛉。つられて俺も上を見る。

「煙っ⁉」と涙を拭いながら冬蜻蛉が叫ぶ。

「ヤバっ、他の子供達を」俺は急ぎ階段へと走り出す。

ホームセンターに、ぷにっと達の放った火が回り始めてきていた。

薄暗いなか、立ち込め始めた煙。

まだ、煙は天井付近を漂っているだけだが、それでもいっそう視界が悪くなってきている。

階段で縮こまって固まっていた子供達を、冬蜻蛉と二人して何とか励ます。

子供の扱いが苦手な俺とは対照的に、冬蜻蛉は巧みに子供らに言葉をかけ、何とか出口に向かって歩き始めることに成功する。

歩き出す時に、子供らの中で一番幼いであろう子を冬蜻蛉から手渡される。どうやら抱っこしていけということらしい。俺はホッパーソードをしまい、右手で抱き抱えるようにして抱きあげる。

左手は念のためカニさんミトンを装備したままに。

そうして俺が先頭、その後ろに猫林檎。そして最後尾に冬蜻蛉がついた。

＊

「旦那、旦那！　歩くの速いっすよ」どうやら猫林檎はペースメーカーの役割のようだ。歩き始めてしばらくして自然と速足になっていた俺はたしなめられてしまう。

——旦那だなんて、ずいぶんと時代がかった呼び方だな。まあ、冬蜻蛉のことをアネキって言っていたから、こっちじゃあ普通なのかもしれないけど。

そんなことを考えながら後ろを振り向くと、確かに子供らの列が、延びてしまっている。

薄暗さに加え、先ほどの戦闘で棚から雑多な物が散乱し、歩きにくさが増していたのを失念していた。

俺は立ち止まり、子供らが追い付いてくるのを待つ。

その間、視線は周囲を警戒するため左右に。自然と目につくのは、床に散らばるホームセンターの商品。

——あの角材とか、ぷにっと達へお土産にしたら、ネカフェの補強に使えそうだな。お、あれなんかも……。いやいや。いまはどうせ持っていけないんだ。集中集中。

自身の腕の中にいる名も知らない幼子の体温を感じて、我にかえる。

その時だった。俺が投げ捨てた白蜘蛛のハンマーが棚の残骸に突き刺さっているのを発見する。

――あれっ。そうか。ここら辺はさっき戦った場所の近くか。あのハンマーのスキルは、存在自体が邪悪すぎる。……よしっ。

俺は腕の中の幼子に目をつぶっているように声をかける。そんな俺達の様子を興味深そうに見ている猫林檎。

――冬蜻蛉達が追い付くまであと少しか。急いで破壊だけできれば、いいんだ。

俺は空いている左手を伸ばし、手のひらをハンマーへ向ける。

汲み取ったイドが、体に満ちる。泡魔法を発動。射出された酸の泡がハンマーへ到達する。

じゅっと音を立てて溶け落ちる、ハンマーの周りの残骸。支えを失ったハンマーが床へ倒れ、甲高い金属音が響く。

――無傷か……。いやまてよ。もしかしたら。

俺は再び展開した酸の泡を見つめる。

カニさんミトンの先に浮かぶ、スイカほどの大きさの酸の泡。

それと自身が、イドを通じて繋がっているのを感じる。

俺はこの漆黒の瞳になって手にいれた知覚でイドの流れを見ながら、思い付きを試してみる。

――イドをこうして。細かく振動をおこして……。

急速に消費されていくイド。慌ててイドを追加で汲み出し、補給していく。

しばらくすると、目の前の酸の泡からゆらゆらと、かげろうのような物が立ち上ってくる。

徐々に動きが激しくなる酸の泡。それに伴って、どんどんと泡が小さくなっていく。

ついには俺の拳よりも小さくなった酸の泡を、俺は気合いを込めて白蜘蛛の持っていたハンマーへ撃ち出す。

——さあ、これでどうだっ！

ハンマーの柄に小型酸の泡が着弾。俺の目の前で、酸の泡がどんどんと柄を溶かしていく。

柄が溶け、ハンマーが二つに折れたその時だった。

突然、ハンマーの残骸が黒い煙と化す。まるで装備品化スキルが発動した時のように。

しかしその煙は装備品として再構成されることなく、急速に俺の方へと迫ってくる。

くるくると俺の周りを漂いながら回転する黒い煙。

顔面をめがけ、ぶつかってくる煙。とっさに背けた俺の顔を追尾するようにして顔が覆われる。

「きゃっ！」闇の中、猫林檎の年相応の女の子らしい悲鳴が背後から聞こえる。

俺は左手で煙を振り払おうとする。が、空を切るばかり。

——実体がないのかっ⁉

そのまま、俺の両目へと煙状の何かが入り込んでくるのが、わかる。

とっさに目を押さえたミトンの隙間から、次から次に。

そして、ようやく晴れる視界。

目の前には、いまだ漂う、黒い煙の切れっぱし。

俺の瞳に入りきらずに残っていたそれが、ふらふらと腕に抱えた幼子にも入り込んでいくのが、見えたような気がした。

ホームセンターの外へ

追い付いてきた子供達。当然、さっきの黒い煙のことを、口々に訊いてくる。

俺自身、よくわかっていないことなので、うまく答えられないでいた。こんな時でも衰えない子供達の好奇心に、しどろもどろになっていると、ついには気を利かせた冬蜻蛉が、早くホームセンターから出なきゃと発破をかけてくれる。

軽く頷いて小声で感謝を伝える俺。

冬蜻蛉は軽く肩をすくめて、指を一本立てて見せてくる。

――助かった。あの指はなんだろう？　貸し一つってことかな。

再び歩き出す俺達。出口が近づくにつれ明るさも増し、床に散らばる商品も減ってきて、進みやすくなる。子供達も早く外に出たいのだろう、自然と皆の歩く速度が上がる。

ついに出口に。その直前で立ち止まると俺は抱えていた幼子を下ろし、冬蜻蛉に託す。そしてゆっくりと様子をうかがうために近づく。

――ぷにっと達が火をつけた場所とは違う出入り口だな、よし。ここもガラスの自動ドアか。

俺は一枚目の自動ドアをゆっくりと開けていく。やはり電気は切れている。隙間を通り、そのまま風除室へ。

外へ繋がるガラス製の自動ドア越しに外を見る。

――見える範囲では敵の姿はないか。

ガラスに顔を押し付けるようにして外の左右を確認。

――いや、いたっ！

左手前方、百メートルは離れていないぐらいの場所にゴブリン達の群れが見える。

しかし、様子がおかしい。遠目だからはっきりしたことはわからないが、ただただ立ち尽くしているだけに見える。

――そういえば、巨大ゴブリン達もだったな。白蜘蛛を殺したからか？　あのゴブリン達も元々は……。

俺はゴブリン達の様子を確認すると、冬蜻蛉達の元へと戻る。

「みんな、聞いてくれ。外にゴブ……いやえっと、妖精達の集団がいる。ただ、距離もあるし、うまくすればやり過ごせると思うんだ。可能性としては、気づかれても攻撃してこないってことすらあり得るけど、そうじゃないかもしれない。だから、念のため俺が囮(おとり)になる」

俺は一度言葉をきり、子供達の顔を見回す。

皆の一様に不安そうな表情に、自分の説得力の足りなさを痛感しつつ、冬蜻蛉と猫林檎に向けて続きを話す。

「俺が飛び出して、三十秒数えたら道路に向かって進んでほしい。そのまま大きな道をあっちの方向に進むとネットカフェがあるんだけどわかるかな？」と指差しながら冬蜻蛉の反応をうかがう。

「うん。入ったことはないけど、わかる」と冬蜻蛉。

「よし。それじゃあそっちの方へと進んでくれ。すぐに追いかけるから」

「わかった」と答える冬蜻蛉の表情は硬い。

冬蜻蛉の心配もわかる。ホームセンターの外にいるゴブリン達をやり過ごせたとしても、俺がいない間に、別のゴブリンの集団と鉢合わせすることだって、ありうるのだ。

俺もずっと子供らに付いていた方がいいかもと、どうしても考えてしまう。自分の決断に自信が持てない。

しかしそれでも、子供達を連れたままゴブリン達の集団から追いかけられた場合、子供達を完全に守りきるのは難しい。それならやはり俺が囮になる方がトータルのリスクは少なくなるはず。

俺は自分にそう言い聞かせると、改めて子供達へ声をかける。

「大丈夫！　すぐに追い付くから。ほら、俺が魔法を使えるの皆も見ただろう？　魔法でパパっと済ませて、あっという間に合流するよ」と精一杯の笑顔で伝える。それを聞いて頷いてくれる冬蜻蛉と猫林檎。他の子供達はそんな二人の表情をうかがっている様子。

――魔法というフレーズが子供心に響くかと思ったけど、どうやら俺の必死さに気を遣ってくれただけかもしれないな。

「よし、それじゃあちょっと行ってくる。三十秒、数え始めてくれ」

俺は最後に皆の顔を見回すと扉の外へ。飛行スキルを発動し、ホームセンターから飛び出した。

飛行スキルで飛び出した俺の頬をうつ、風。先ほどまで抱っこしていた幼子の温もりも、その風が一瞬で吹き散らしていく。

上空で一度滞空し、装備を変える。

眼下を見るが、ゴブリン達に動きは見えない。

――ペットボトル生まれのぷにっと達の姿は見えないな。

俺は取り出した双眼鏡を使って急ぎ辺りを見回す。

――建物への火のまわりも思った程じゃないな。さっきまではゴブリン達が消火していたのか？　だとすると、白蜘蛛を殺したことで消火作業をしていたゴブリン達の動きも止まったから煙がまわってきたってことか……。

俺はそこまで考えて、あまり時間がないことを思い出す。

双眼鏡を乱暴にしまうと、ゴブリン達からみて、ホームセンターの建物とは反対側に着陸する。

そこはまだホームセンターの敷地内。床はアスファルトだ。

俺は装備したぷにぷにグローブを地面に当てる。

ぽんぽんと地面に穴をあけ、生まれてくるぷにっと達。

俺は急ぎゴブリン達へ近づくようにお願いする。

とことことその短い足を必死に動かして前進するぷにっと達。

――そろそろ時間だ。

ホームセンターを見る。

しかしちょうど反対側に来てしまったので、冬蜻蛉達の姿はゴブリン集団に遮られて見えない。

――降りる場所失敗したかっ。

そうこうしているうちに、先頭のぷにっとがゴブリンと接触する。

「がうっ」ぷにっとが叫びながらその短い腕を伸ばし、ゴブリンに触れる。

やはり反応がない。そのまま次々とぷにっと達がゴブリンに触れていく。

そこかしこで響く「がうがう」という、ぷにっと達の鳴き声。

「これはゴブリン達、一切反応してないな」俺も、呟きながら近づいていく。

いつでも振れるようにと、ホッパーソードは構えたまま。

慎重に近づく俺が当然見えているだろうに、微動だにしないゴブリン達の群れ。

数十匹はいる。

そこへ漂ってくる、肉が焦げるような異臭。

臭いのもとをたどって視線をやれば、そこには消火活動をしていたのだろうかホームセンターの壁の近くに倒れているゴブリン達。

「生きながら、燃えてる……」

ピクピクと動くそのゴブリンの体が焼け焦げ、火に包まれている。しかし、そこには一切の意思が感じられない。ただただ焦げて縮んだ筋肉の反応でピクピク動いているだけのようだ。

思わず目を逸らしてしまう俺。

ついに手の届く所まで来る。

俺はそっとホッパーソードの剣先で一番近くにいるゴブリンに触れる。

そこまでしても反応が無いことを確認すると、俺は一度目を瞑（つぶ）る。瞼（まぶた）の裏に浮かぶのは、この世界に来てからのこと。


生きながら無反応で燃え続けるゴブリン。

白蜘蛛のハンマーについていたスキル。

初めてあった時の冬蜻蛉の瞳の色。

そして、ネカフェで待つ江奈。


覚悟を決め、目を開く。

せめて苦しくないようにと、俺はホッパーソードをまっすぐ振りあげた。

帰る先

俺は飛行スキルで空から道を見渡す。

——体が、重たいな。

肉体的な疲労はもちろんのこと、今回のことで俺は精神的にかなり参っていた。

そのせいか、頭痛までしてくる。

それらも相まって、視野が狭くなっているのが自分でもわかる。

それでも、冬蜻蛉達の姿が見えないか俺は必死に探し続ける。

——少なくとも、当初の目的だったネカフェの安全度はこれで上がったはず。ホームセンターのゴブリンの巣は殲滅(せんめつ)したんだ。もし、あのままホームセンターを放っておいて、あれだけの数が一気にネカフェに押し寄せていたらと考えたら……

俺は必死に今回の出来事のポジティブな面を考えようとする。しかし肉体的精神的な疲労のせいか、気分が落ち込むような方向に思考がずれていってしまう。

こんなんじゃダメだと、首を振った時だった。視界のすみに、見覚えのある色合いがちらつく。

——あれは、冬蜻蛉の重ね着してるジャンパーっ？

特徴的なそれは、空から見ても目立っていた。俺は先ほどまでの、のし掛かるような思いも忘れ、飛行スキルで一気にそちらへ向かった。

冬蜻蛉ら子供達がいたのは幹線道路脇の自動販売機の陰。俺が着地した時、子供達は道の脇に座り込んでいた。俺は着地しながら声をかける。

「冬蜻蛉！　よかった合流できて。皆、無事みたいだね？」

そこで目につく、地面に散乱した破片。飛び散った破片の中心にある、壊れたばかりのように見える自販機。

なぜか猫林檎がバールのような物を持って得意気にしている。そして、振り向いた子供達の手には、それぞれ缶ジュースが。

俺は猫林檎の笑みを見て、この先にコンビニがあったことはとりあえず黙っておこうと固く決意する。

「朽木、遅いよ」と大きくため息をつく、冬蜻蛉。しかしその顔は、口から出た文句とは裏腹に緊張の糸が切れ、緩んでいた。

「本当にすまなかった。そして、冬蜻蛉に猫林檎。ちゃんと指示通りできたな。よく頑張ったな」

俺も安堵して、そんな言葉をかける。

「うん」言葉少なにうつむく冬蜻蛉。

「さて。ここまで来ていたらあと少しだ。どうする？　もう少し休むか」

「ううん。大丈夫。行こう、皆」と他の子供達へ声をかけていく冬蜻蛉。

なぜか再び手渡された幼子を抱っこし、歩き始める俺。そうしてペース配分に気をつけながら歩くこと数十分。

そうして、ようやくネカフェに帰ってきた。

「うわぁっ!!」そこで上がる、子供達の歓声。その視線の先には無数のぷにっと達の忙しげに動き回る姿があった。

「さて、朽木。いえ、朽木さん」と目の前にいる江奈がわざわざ俺の名前を言い直す。

「はい、なんでしょう」俺は慎重に言葉を選びながら答える。

「これは、どういうことか、説明してくれるわよね?」

江奈の視線の先には、ネカフェの外でぷにっと達と遊ぶ、ホームセンターから逃れてきた子供達の姿。互いに名前の紹介はしたのだが、ぷにっと達の姿にそわそわしていた子供達はいつの間にか離脱。そして唯一、江奈の前に俺だけが取り残され、いまに至る。

「実は……」俺はホームセンターがゴブリンの巣になっていたこと。火をかけ侵入したこと。子供達を見つけたことを洗いざらい聞き出されてしまう。

「なるほど、ね」大きくため息をつく、江奈。

「それは確かに放ってはおけないわね。でも、朽木、私達のいまの状況、わかってるわよね?」

俺は江奈からの呼び掛けがいつもの感じに戻って、こっそりと安心する。さん付けで呼ばれ始めた時は、これまでに無いほどの威圧感がひしひしと伝わってきていた。

しかし、元々が可愛いもの好きな江奈のこと。子供達を突き放すようなことはないという俺の期待は裏切られることはなかった。

「状況、か」俺は一度、頭を整理しようとそこで言葉を切る。

ふと、先ほどまでぷにっと達と遊んでいた子供達を見てみると、なにやら飲み食いしている。

どうやら、ぷにっと達がネカフェから持ち出してきたようだ。俺が倍加のスキルで増やした物やら、見たこと無いものもある。

――あれ、ぷにっと達、ネカフェの中にも出入りしているのかな？

ちょうどその時だった。ファルトを先頭にぷにっと達がとことこと、こちらへ歩いてくる。ファルトの背後にいるぷにっと達は食料らしき物を抱えている。

「あっ、ファルト！　その食料って……」

俺はちょうどお腹が空いていたこともあり、気が利くなーと感心しながら手を伸ばす。

しかし、そのまま空振りする俺の手。

ぷにっと達は、缶詰やらビニールに包まれた食料やらを地面に置くと土を被せ始める。

そしてファルトがこちらを向いて、耕すようなジェスチャーをする。

「……倍加のスキルを使ってほしいのかな」手を伸ばしたままの姿勢で問いかける。

嬉しそうにうんうん頷くぷにっと達。

俺はこっそりため息をつくと、妖精の鍬を取り出し、地面へ。

ぶわっと音を立てて、倍の数に増える食料。

すぐさまぷにっと達が地面から掘り起こす。

俺のズボンの裾が引っ張られる。

どうやら別のぷにっと達が、次の食料を隣の地面に植え終えたらしい。

俺は体を捻ると、次はそこへ、妖精の鍬を振り下ろす。

またまたぶわっと増える食料。

くるくると駒のように立ち働くぷにっと達。

その様子をものすごくいとおしげに眺める江奈。

俺はとりあえず江奈からの追及が止んだことにほっとしつつ、いまのうちにと考えをまとめながら、ぷにっと達が求めるままに、機械的に鍬を地面に突き刺し続けた。

果たしてどれくらい鍬を振るったか。オドの強化された俺でもさすがに少し疲労を感じた頃。ようやくぷにっと達の食料倍加要請の攻勢が終わる。

最後にぽんっと俺の手の中に渡される缶詰。なんとなくそれが、いまの倍加スキルを使った労働の対価として渡された報酬のように思えて仕方ない。

――もしそうだとしたら、とんだブラック労働だな。何十個分も食料増やして、報酬が缶詰一個って。

俺はそんな想像を振り払い、缶詰をしまうと、ずっとぷにっと達を眺めていた江奈に声をかける。

「江奈さん、江奈さん」

「っ！　何かしら、朽木」

「いまの状況、の話だけど」

「あっ！　そうね」と、そこで、ふらっとよろける江奈。

俺はとっさに江奈の肩を掴み、支える。手から伝わる江奈の体温が、高く感じられる。

「一度、ネカフェのブースに入ろうか。落ち着いて話した方が良いだろうし。歩ける？」

「大丈夫、一人で行けるわ」と、俺の手をそっとどける江奈。俺は冬蜻蛉に、子供達の気がすんだら、ネカフェのブースの空いている所を使うように告げると、ふらふらとネカフェの中へ向かう江奈の先回りをしようと急いだ。


江奈がブースに入っていく姿を見送る。

しかし、すぐさまブースのドアが再び開く。

「ごめんなさい、もう大丈夫。さあ、続きを話しましょうか」

俺は迷ったが、ここは話をしといた方が良いかと、考え直す。

ブースのドアが閉まらないようにすると、俺はオープン席の椅子を持ってきて、通路に置く。江奈の顔が見えるよう微調整。

その途中で、普通にネカフェの中を行き来しているぷにっと達を見かける。掃除をしてくれているようで、ネカフェの中が見違えるように整頓されている。手の空いてそうなぷにっとに、二人分の食べ物と飲み物を頼んでみる。

ついでに、先ほどファルトからなぜか渡された缶詰を、そのぷにっとに渡しておく。ちなみに、カニカマ缶だった。

――いまにして思えば、ファルトにカニ好きだとでも思われている、とか。もしかして、このミトンがトレードマークみたいにぷにっと達に思われていたりして。カニさんのマークが好きで、着けているとっ？

脱線した思考を元に戻し、江奈のいるブース席の前に置いた椅子に座る。クッション性の高い、肘掛けが木製タイプの椅子だ。

ホームセンターからこのかた、久しぶりに座り込むと、一気に疲れがのし掛かってくる。

俺は思わず、ネカフェの椅子に持ってかれそうになる意識を気合いで引き締めると、ブースの入り口越しにこちらを見ている江奈に向き直る。

「ごめん、お待たせ。さて、話の続きをしようか」

「……そうね。朽木も疲れていそうだから手短にしましょう。まず、ここが何処(どこ)なのか、ね。最初の夜にも話したけど、やっぱりここは異世界だと、私は思う」

「ああ、俺も。いまじゃあ、そうなんじゃないかとほぼ確信しているよ。状況証拠が、だいぶ出てきた。一つは、元の俺達の世界では確認されていないモンスター、ゴブリン達の存在」俺は一つ指を折る。

「この世界の住人たる、彼女達の奇妙に見える服装、それに名前の付け方もね」と江奈が冬蜻蛉達のことに言及しながら二つ目の指を折る。

「それに、スキル付きの武器を持っていたんだよ。ホームセンターで敵対してきた男が。俺と似た装備品化のスキルが、この世界にはあるんだろうな」と俺は三本目の指を折る。

「根拠が三つ。仮説としては十分ね。それにしても、装備品化スキルか。厄介ね」

「ああ。かなり強いスキルがある可能性があるな」と俺は頷く。

「それも、そうなんだけどね。厄介なのは、朽木の装備品化のスキルって多分ここの世界が由来なんじゃないかってこと。あれからここで寝込みながら何度も夢を見てたの。全部、アクアの夢だった。あの子、夢の中じゃなぜかいつも泣いているのよ。不思議でしょ。私はほとんど顔を合わせたことがないけど、数少ない機会で知った彼女は、全然そんな雰囲気じゃなかったから」

「アクアの夢って、それ、大丈夫なの⁉」俺は思わず声が大きくなる。

「ええ、大丈夫よ、安心して。前も言ったかと思うけど、意識を乗っ取られるとかそういうのじゃ、本当にないの。ただ、わかるの。アクアの力がまだここにあるって。多分、夢を見るのもそのせい」と、江奈は自らの足のアザをさすりながら言った。

そこで一度首をかしげる江奈。まるで何かに耳を傾けているかのような様子を見せる。

「そう、力をあげるから、お願いを聞いてほしいって言われているみたいなのよね。夢を通して」

と、再び話す江奈。

「そんなっ！　それはいくらなんでも、勝手すぎるだろっ」俺は江奈の話を聞いて思わず椅子から立ち上がってしまう。

頭を過るのは、これまでにアクアがしてきた数々のこと。裏切り、そして師匠の死。さらには殺されかけたこと。どれ一つとっても、到底許せないと思ってしまう俺がいる。そんなアクアの願いを叶(かな)えるなんて言語道断だと。

「江奈さんだって、アクアは仇じゃないか！」

「もちろん、そう。いまだに私も到底、許せないわよ。でもね、アクアの希望を知ることで、いまの状況が打破できるかもしれないのよ」

「……果実持ち(エンブリオホルダー)だっけ？」

「ええ。朽木も私がうなされていた時に訊いてたわよね。この世界にアクアが来ようとしていた理由。アクアの世界から流れていってしまった果実の回収。アクアの望んでいたそれが、すべての鍵なんじゃないかって思うの」

とちょうどそこへ、ぷにっと達が食べ物を運んできた。

俺達はどちらからともなく口を閉じる。お互いに、いまの会話の内容を受け止めるためには、二人とも時間が必要だとわかっていたのだ。

サイド　冬蜻蛉1

僕は初めて目の当たりにした、朽木の魔法を見てこう思ったんだ。

これが、奇跡なんだ、と。

お父さんもお母さんも殺され、連れてこられた、駐車場。そこには、沢山の子供達と、ごくわずかの水と食べ物だけがあった。

いるのは、僕よりも小さい子供ばっかりで。

その子達も、何人かは本当にようやく歩き出したばかり。

最初は少ない食べ物を何とか皆で分けて過ごしていた。

時たま差し入れられる食べ物。

それが唯一の彼らとの接する機会。

僕は、すぐに食べ物と水だけじゃどうにもならないことに気がついたんだ。

だから僕は、その数少ない機会に、彼らに身ぶり手振りで懇願する。どうしてもオムツが欲しいって。

彼らも多分、駐車場に充満していた異臭は感じていたのだろう。

それからだ。水と食べ物以外も、ホームセンターにあるものなら、たまに持ってきてくれるようになったのは。
それからだ。彼らとの交渉の窓口になっていた僕は、いつの間にか子供達のリーダーのような形になっていた。

でも、すべてが順調だったわけじゃないんだ。
子供達は増えたり、減ったりしていた。
彼らが新たに連れてくる子もいれば、連れていかれてしまう子もいた。
そう、僕の妹も。
その日は、いつもと変わらず始まったのに。
彼らはその日もきた。
穴を通って。
その手には、水と食べ物。
それにお願いしていた毛布。
前に連れてこられた新入りの子の分を、僕がお願いしていたのだ。

でも、その日は彼らは一人きりじゃなかった。
そういう日は、決まって誰かが連れていかれてしまう日。
僕達はそんな時は、ぎゅっと一ヵ所に固まるんだ。

隠れても無駄だから。

逃げても無駄だから。

暴れても無駄だから。

ただ、誰が連れていかれても良いように。

皆で別れを惜しむように。

お互いの体温で互いを慰め、行ってしまう子を励ますために。

でも、無駄だとわかっても。ただ、怪我をしてしまうだけとわかっていても。リーダーとしてそれが間違ったことだとわかっていても。


僕は、妹の腕が彼らに掴まれた時。

目の前が真っ赤になって、何も考えられずに、彼らに飛びかかっていたんだ。

その後の記憶はないんだ。


気がついたら全身が痛くて。

妹は居なくて。

痛くて痛くて、起きるのも無理で。

ひたすら這って。這い回って。駐車場を探して。すみずみまで探して。

小さな子達は口々に僕に教えてくれたんだ。僕の妹も連れていかれてしまったと。

でも、僕は自分の目で見たかったんだ。もしかしたら、妹は途中で逃げてこの駐車場のどこかに隠れているんじゃないかって。それを僕なら見つけられるんじゃないかって。

何日も何日も。


ようやく起き上がれるようになった頃には。僕はすっかりやる気をなくしてしまっていたんだ。

そんな僕の代わりに、皆の面倒は猫林檎がみてくれていたみたい。彼女は僕達の次にここに連れてこられた子だった。

なぜか僕のことをアネキアネキと慕ってくれていたんだ。


駐車場のすみでボーッと座り込むだけの僕。妹が連れていかれてしまってから何日も過ぎた時のことだった。

すっと僕は、隣に温かい物を感じる。

それは、身を寄せるように座り込んできた猫林檎だった。

そしてそっと僕の腕の中に、その時いた一番幼い子を。

まだ物心もつかないその子は、ただ、バタバタと僕の腕の中で暴れている。

そのぬくもり。そして横にいてくれる猫林檎の存在。

僕が落ち込んでいる間に、どんどん子供達の数は減っていった。

でも、ようやく立ち直れた僕は、残り少ない子供達のために、一生懸命頑張っていたんだ。


そんな僕の前に、現れたんだ。奇跡が。

それは、轟音（ごうおん）とともに現れたんだ。大穴をあけて。彼らがやってくるその穴。その形がわからなくなるぐらい、さらに大きな穴を。

その時に響いた音はいまでも忘れられない。

駐車場中に響き渡る、その音。

僕が、僕達が必死に耐えていた絶望が砕かれた音。

目を真っ黒に染めた、奇跡が現れた音だった。

サイド　冬蜻蛉2

最初に朽木を見た時は、ひたすら怪しい人かと思ったんだ。

なんたって、まず着ている物がへんてこだった。

足元は真っ黒な革靴。

上着は鎖がじゃらじゃらしているし。

頭には黒い布巻いてるし。

極めつけは、左手につけたミトンの色。

全然傾向もバラバラ。色合いもぐちゃぐちゃ。

そんなぶっ飛んだファッションのおじさんが、急に車の上から降りてきたんだ。しかも、頭の上にはコウモリの羽みたいな物を、パタパタさせて！

最初は見間違いかと思った。すぐにコウモリの羽は消えちゃったしね。

でも、革靴なのに、地面に着地した時に足音がしなかったんだ。

だからあれは本物の羽だったんだって。

あのおじさんはもしかしたら、悪魔か何かなのかもしれないって。

僕は、そう思ったんだ。

そしてそんな悪魔みたいな奴は言ったんだ。

俺はあいつらの仲間じゃないってさ。

そして僕はそれを信じたんだ。


どうしてって？


それはね。朽木の方があいつらなんかよりも、ぶっ飛んだ存在だったから。そんなの、一目瞭然だったから。悪魔のような、そんなぶっ飛んだ存在。

だから僕は自分の勘を信じたんだ。朽木が悪魔なんだとしても、いいかなって。

悪魔なら、きっと変えてくれる。このまま、ただ、連れていかれるのを待つだけの、僕達の運命を変えてくれるって。

それにそれは、すぐに正しかったことがわかった。


そんなわけで、それから僕らは朽木に連れられて逃げ始めたんだ。

途中、朽木が手すりを溶かした時には驚いた。

掴もうとしていた手すりが、突然溶けて消えたんだ。思わずよろけそうになって、でも肝心の手すりがなくて。思わず悲鳴をあげちゃったよ。

その後に朽木が話してくれた、魔法に冒険者のこと。

まるでゲームの主人公かと思ったよ。

まるでおとぎ話みたいなことをばか正直に話す朽木。

僕はそれも信じることにしたんだ。この時には悪魔じゃないかもって少し思った。悪魔にしては何だか抜けてるなって感じたんだ。

そして逃げる最中。現れたあいつらを、朽木は目にも留まらない速さで飛び回って、あっという間に殺しちゃったんだ。

痛快だった。

爽快だった。

連れ去られて戻ってこなかった沢山の子達のかたきが。

お父さんとお母さんのかたきが。

そして妹のかたきが。

なすすべもなく。

瞬きする間に。

ただの肉になっていたんだよ。

こんな嬉しいことが本当にあったなんて。この時に、僕は確信した。

これは奇跡なんだ。これこそが奇跡なんだ、ってね。

それから僕が余計なことをしちゃったせいで朽木に迷惑をかけちゃった。

なんか手足の長い気持ち悪い奴と朽木が戦っていて。でも苦戦しているように見えて。少しでも役に立てるんじゃないか。

こんな奇跡が本当にあるなら。

僕にだって何かできるんじゃないか。

そう、勘違いしちゃったんだ。

その結果があのざま。

あーあ。

でも、朽木は優しいんだ。

余計なことをして。

足手まといになって。

そんな僕を見捨てないでいてくれた。

足手まといの小さな皆も見捨てないでくれた。

いま、こうして、ぬいぐるみみたいなぷにっと達と、皆が遊んでいられるの。やっぱり奇跡なんだなって。

あんなに楽しそうな皆の顔、初めてかもしれない。

あーあ。

この奇跡の代償。

悪魔に払うべき、代償。
僕、一生かけても必ず払ってみせるよ。朽木。

新たな日々

食い扶持が増えて、数日。

俺はせわしなく動いていた。

ネカフェに住む人数が増えたことで、必要なものがかなり、増えた。

食料はもちろんだが、子供というのは生活に必要なものが本当に多い。

もちろん、ホームセンターにいた間は、それこそ着の身着のままの、最低の環境だったはず。冬蜻蛉達はそれに慣れているとはいえ、いまはせっかく自由の身になれたのだ。

少しでもましな生活を、と思うのは当然だろう。


そんなこんなで、俺は今日も周囲の探索に出掛けている。

実際の物資の探索、運搬はファルト達、ぷにっとが行ってくれてはいる。

しかし、残念なことに戦闘が苦手なぷにっと達は、敵がいる地域では活動が制限されるといっていい。そうなると当然、ぷにっと達の探索範囲が狭まってしまうし、得られる物資も減ってしまう。

どうやら、俺達のネカフェのある周囲の地域は完全にゴブリン達の縄張りだったようだ。しかし、俺がゴブリンを殲滅したことで、周囲から別のモンスターが侵入しつつあるみたいだ。

例えば、前に見かけたコボルトとワーウルフの中間のような見た目のワーボルト。しかし、ワーボルトはあれからとんと見かけない。この前、ゴブリン達に狩られていたことを考えるに、はぐれか何かが迷い込んだんじゃないかと思っている。

だからというわけではないが、ワーボルト以外に侵入してきている別のモンスターがいそうな気がするのだ。

ここ数日、帰ってこないぷにっとが徐々に増えてきている。それも、ホームセンターの向こう側まで探索に出掛けたぷにっとばかり。

「こんなことなら、ホームセンターに火をつけるんじゃなかったよ」と呟く俺。目の前にはまだ火のくすぶっているホームセンター。運よく燃え尽きるようなことは無かったみたいだが、そこかしこからまだ煙が上がっている。

「これ、危なくて近づけないな。どこで火がくすぶってるかわからないし、多分火の熱で、色々脆(もろ)くなってそう。もう少し落ち着いたら、ぷにっと達で決死隊を組んで突撃探索させるか……」

俺はだいたいの方針だけ考えると、飛行スキルを発動し、煙を吸い込まないようにホームセンターを大きく迂回(うかい)するように飛び出した。

そのまま飛行すること数分後、俺がいるのは、もともとゴブリン達の縄張りの境と思われる場所。ホームセンターから見て、ちょうどネカフェと反対側の場所。

「ここら辺は市街地っぽいな」

俺は空から街並みを見下ろす。遠くに鉄道の路線らしきものが見える。

「駅を中心とした地方の街って雰囲気か」

市街地ということもあり、建物の数が多い。中規模のビルが立ち並び、飲食店や小売店っぽいカラフルな色合いも見える。空から見下ろしているだけでは、当然どこに何が潜んでいるかなどわからない。

「でも、これだけ栄えていれば、物資は沢山残っていそうだしな。服に靴、食器も欲しいって言ってたよな、江奈さん」

まだ見ぬモンスターの存在をひしひしと感じる。俺は緊張を保ちながら、ゆっくりと市街地へ降下していった。

＊

俺は、抱えたスーツケースを持ち直すと、落とさないように気をつけながら皆の待つネカフェへと降下していく。

市街地への探索は成功と失敗が半々、といった結果となった。

意気込んで探索をしたのだが、モンスターは全く見つからなかった。素人目で見た感じでは、痕跡らしきものもよくわからなかった。

動物タイプや、ゴブリンのようなモンスターであれば何らかの生物的な痕跡があるかと思ったのだが。

それらしい食事の跡や、巣なども見つけることができず。しかも、ここら辺を探索し、帰ってこなかったぷにっと達の残骸も見つけることができなかったのだ。

つまり、全くの手がかり無し。……失敗。

——あの市街地に何かあるのは間違いない、と思うんだけどな。

成功はもちろん、いま抱えているスーツケース。駅ビルの中の鞄(かばん)屋でお借りしたものだ。

その駅ビルは、最初に降下した所から十数分歩いた所にあった。

路上でモンスターを探して歩くうちに、たまたま目に入って中へと侵入したのだが、ここは大当たりだった。

鞄屋の他にもテナントがかなり充実していたのだ。さらには、荒らされた形跡も少なかった。そのおかげで、必要な物資のうち、かなりの物を手にいれることができた。

特にその駅ビルに、ベビー用品と子供服のお店があったのは幸運だった。問題は唯一、サイズを訊き忘れていたこと。

空のスーツケースを横にして、俺はしばし固まってしまった。目の前の棚には、十センチ単位でサイズ違いの子供服がずらりと並ぶ。

うんうん唸(うな)りながら見回して、ようやく見つけた案内。喜び勇んで読んでみたら、それは年齢とサイズの対応表だった。

残念なことに、子供達の年齢も、わからず。

いまばかりはスマホが繋がらないのが、恨めしくて仕方なかった。とりあえず目算でスーツケースに詰め込めるだけ、詰め込んでいく。

多分、大きい分には何とかなるだろう、と。

それに、ぷにっと達の失踪の謎が解けない限りはまた来ることになるだろうという確信もあった。その時は必ず事前にサイズを確認しておこうと、心に誓って。

そして同じ理由で、靴を探すのは、今回はパスしておいた。靴は当然のことながら、大きい分にも困るので。

その後、さらに駅ビルを上の階に進むと、百円ショップも入っていた。子供達が使うなら割れない物の方が良いだろうと、そこで食器を漁り。

そうしてすっかりパンパンになったスーツケース。その段階で、探索を諦め帰ることにした。

そこで、一つの事実が発覚する。

重いスーツケースを抱えていると、非常に飛びにくいのだ。

しかし、その苦労も報われたといえる。

目の前では子供達が我先に、俺の持ち帰ったスーツケースに群がり、服や食器を手にしている。

どの子供達も生き生きしていて、ホームセンターではじめて見た時よりも元気を感じられる。

きゃっきゃっ、きゃっきゃっと賑(にぎ)やかで、騒がしいくらいだ。

「そこ、喧嘩しないのっ！」体調が良いのか、起きてきた江奈が、服の取り合いをしている子供達を注意している。

——こういう風に喜ばれるのって、初めてかも。

そんなことを思いながら、子供達の様子をぼーっと眺める俺。

「朽木、服ありがとう」とそこへ、新品のジャンパーを手にした冬蜻蛉が話しかけてきた。

冬蜻蛉の願い

「朽木、お願いがあるの」と真剣な表情の冬蜻蛉。薄汚れていた埃も落とし、ぼさぼさだった髪も江奈が整えたのだろう。冬蜻蛉はすっかり年相応の少女の見た目となっていた。相変わらず、ジャンパー重ね着だが。

「僕も、ぷにっと達と物資の調達に行きたいんだ」と、俺のそんな感想に気がついた様子もなく、言いつのる冬蜻蛉。

俺はその思い詰めた様子が気になる。それもあって、何と答えるべきか、迷う。

――ここでダメだと言うのは簡単だし、常識的に考えてモンスターの跋扈(ばっこ)する所に、冬蜻蛉を行かせるのは危険すぎる。ただ、本人はそんなの当然、認識しているはず。何も考え無しに言っているとは思えないんだよな。とりあえず手段と理由、訊いてみるか。

俺はあまり他の子の前では話さない方が良いかと、ネカフェのオープン席の方へ冬蜻蛉を誘う。隣り合って座ると、俺は椅子を少し冬蜻蛉の方へと向け、口を開く。

「さて、冬蜻蛉。どうして探索に出たいか訊いてもいいかな？」

「僕、思ったんだよ。僕にも力があればって。僕は妹の仇も取れなかった。朽木が来てくれなかったら、あのままきっと僕も、皆も……」とそこでうつむく冬蜻蛉。

「だから、お願い。一生懸命働くから。探索頑張るから。僕に、戦い方を教えてください」と深々と頭を下げる冬蜻蛉。

俺は思わず、きょとんとしてしまう。

——えっ！　思ってたのとだいぶ違うんだけど……。実はかなり衝動的な子なのか、冬蜻蛉って？　そういや包丁片手に白蜘蛛に突撃しようとしていたもんな。普段、小さな子達の面倒見ている姿ばっかり見ていたから、俺が誤解していたのか。

俺は改めてまじまじと冬蜻蛉を見る。こちらの返答をじっと真剣な瞳で待つ冬蜻蛉。

——年相応っちゃ、年相応、なのかな。これぐらいの少女のことはよくわからないけど。しかし困ったぞ。とりあえず、探索に出るのが目的じゃないっぽい。問題は俺に、戦い方を教えられるかって所だよな。……いや、無理だろ、これ。

俺は時間稼ぎに状況の整理をはかってみる。

「冬蜻蛉は、戦えるようになりたいってことでいいんだよね。特に探索に行きたいわけじゃなくて？」

「戦えるようになりたい。それに探索にも行きたい。役に立ちたいから」

——おうっ、そうきたか。……どうしよ。

内心頭を抱える俺。

「探索だけど、少なくなったとは言え、モンスターが出るかもしれないよ。危険だ」と軽くとめてみる。

「大丈夫。逃げ隠れするのは得意だから。それにぷにっと達より、僕の方が動ける」と胸を張る冬蜻蛉。

「いや、そりゃぷにっと達は動き、のんびりしているけどさ。ぷにっと達がやられるのと、冬蜻蛉が殺されるのじゃ全く違うよ」

「……ぷにっと達も生きているんでしょ？　江奈が言ってた」と不思議そうに首をかしげる冬蜻蛉。

俺は思わず言葉につまる。確かに倍加のスキルの対象になるのは植物と非生物だけ。それを信じるなら、ぷにっと達は生きていると言ってもいいかもしれない。

「わかったよ」と、押しきられるように答える俺。

「やった」と喜ぶ冬蜻蛉。

「ストップストップ！　戦い方は、どこまでできるかわからないけど教えるよ。でも、探索に出るのは俺が大丈夫だって認めてからだから。いいね？」と、俺は釘だけは何とかさしておいた。

あの後、俺は江奈に、冬蜻蛉のことを相談してみた。結果、ネカフェの外へ連れ出され、めっちゃ怒られた。

「戦い方を教えるなんて安請け合い、何でしたの⁉」

「責任、持てるの？　死ぬかもしれない。大怪我をするかもしれないのよ」

「そもそもスキルの使えない冬蜻蛉に何を教えるつもりなのよ」

その後も怒濤（どとう）のように続く、江奈からのお叱り。そんな俺の背中に突き刺さる、つぶらな瞳のぷにっと達の視線。

寝ることのないぷにっと達は夜でも外で活動しているのだ。夜な夜なネカフェの補修や物資の探索をして戻ってきたぷにっと達が、手を止め何事かとこちらを見ているのが感じられる。

散々怒られた後に、それでも江奈は最後には相談にはのってくれた。

やはり正式にガンスリンガーの訓練を受けている江奈の意見はとても参考になった。


迎えた翌朝。

いつも通りの缶詰と保存食中心の食事。最近は子供達と皆で食事ができるように、オープン席の机を使っている。

――こうしてみると、ブース席が各個人の個室で、オープン席がダイニングみたいだよな。大きな一つの家みたいになってきたよな、このネカフェも。

すっかりネカフェ内で活動するのが当たり前になっているぷにっと達が、皆に食事を運んでくれる。せわしなく行き交い、短いお手々を伸ばして、よいしょっとテーブルにお皿をのせてくれる。

隠してはいるが、江奈がそんなぷにっと達の姿にメロメロなのが、俺ですらわかる。

――あの皿はこの前の百円ショップのだな。ぷにっと達、ちゃんと誰がどのお皿使うのか、わかっているんだよな。不思議。

俺は、自分が市街地の駅ビルからとってきたお皿が使われているのを眺めながら、そんなことを思っていた。

そこへ、自分のブースから出て、こちらへやってくる冬蜻蛉。

今日のジャンパー、そしてその下に着込んでいる上下ともに新品を着ている。

「あれ、重ね着してない」と思わず漏れる俺の呟き。

「おはよう、朽木。やっぱり変、かな。動きやすい方が良いかと思って」と、なぜか落ち着かない様子で服を見下ろしている冬蜻蛉。

「いや、いいと思うよ。あと、おはよう」

「そう」となぜかホッとした様子。冬蜻蛉はそのまま、ぷにっとから受け取った朝食を食べ始めた。

朝食後、そわそわと落ち着かない様子で椅子に座っている冬蜻蛉。俺は江奈の方を向く。無言で視線だけのやり取りを江奈と交わし、冬蜻蛉に声をかける。

「それじゃあ、そろそろ始めようか」

「うん！」ぴょんっと跳ねるようにして冬蜻蛉は立ち上がる。待ってましたとばかりの様子に思わず苦笑が漏れる。

俺は冬蜻蛉をつれ外へ出ると、ネカフェの裏側へ。前に倍加のスキルの検証をした空き地へと、二人して歩いて向かった。

契機

「さて、冬蜻蛉は逃げ隠れするのは得意、って言ってたよね」と俺は途中で拾ってきた木の枝を空き地の地面に突き刺しながら問いかける。

「うん」

「よしっ」特に草むした所を囲むようにして、四隅に枝をさし終わると、次に妖精の鍬を取り出す。スキルを発動しながら、辺りを耕していく俺。

当然、倍加のスキルで空き地に生えた雑草がどんどん増えていく。

もともと、うっそうとしていた空き地が、草の絨毯(じゅうたん)と言っても過言でないぐらいの惨状となる。

俺が何をしようとしているかと言えば、かつて師匠にやらされたガンスリンガーの訓練の簡易版を、冬蜻蛉にもしてもらおうという準備だ。当然、江奈の昨晩のアドバイスの影響だが。

俺の様子を興味津々といった様子で眺める冬蜻蛉。

俺はふと、いたずら心がわく。

冬蜻蛉に、一言、尋ねてしまう。この時はこの一言が、どれだけ今後の運命を変えてしまうことになるか、全く意識せず。

「冬蜻蛉もやってみる?」と、妖精の鍬を見せながら。

「いいの⁉　やる！」と喜び勇んで俺から鍬を受けとる冬蜻蛉。

両足を肩幅に開き、まっすぐに立つと、鍬の柄を両手で握りしめる冬蜻蛉。

その瞳は、まっすぐ一本の雑草へ。

大きく腕を振りかぶる。少女の体軀(たいく)には、長すぎた鍬の柄。

鍬の重さと勢いで、冬蜻蛉がよろける。

「うわっ」「危ないっ」

思わず何とかしようと近づく俺。

冬蜻蛉は何とか踏ん張り、転倒は免れる。しかし、鍬の柄から片手が離れてしまう。

あさっての方向に流れる鍬の歯が、俺の足元を掠めるように振り下ろされてくる。

俺はとっさに踏ん張り、急停止。もともと、さっき俺が耕して柔らかくなっていた地面に片足がめり込む。

危うく足を耕されそうになるも、鍬の歯はギリギリ俺の靴の真横へ。

そして、ぽんっという音とともに現れる、地面に埋もれた黒い物。

艶々と黒光りする色合い。

足にフィットしそうな見慣れたフォルム。

それは、もう一つのGの革靴だった。

驚きのあまり、俺は足元を確認してしまう。自分の足元と、新しく現れたGの革靴を何度も行き来する視線。

――確かに俺はGの革靴、履いてるよな？　うん、履いてる履いてる。間違いない。ってことは、これ、倍加のスキルで装備品が増えたのかっ！

その時だった。冬蜻蛉がうずくまるようにして座り込む。

「……うぅ。気持ち、悪い」

冬蜻蛉はイド枯渇の症状を示していた。

目の前でうずくまる冬蜻蛉。俺は急いで重力軽減操作をかけると、ひょいっと持ち上げる。

「ううっ。僕まだ、やれる」とそんなことを言う冬蜻蛉。

強がりと言うよりも自分の状態がまだあまりわかっていないのだろうと俺は思った。

「とりあえずネカフェに戻ろう。大丈夫、休んでれば良くなるから。そしたら、続きもできるから」と、俺は冬蜻蛉を宥めすかし、ネカフェへ向かって早足で進む。

「それよりも、気持ち悪いだけか？　他に何か感じるか？」

「なんだか、世界が、暗く感じる。なんだろう、ぽっかりしているような。どんよりしているような、そんな感じ、する」と冬蜻蛉。

――どう考えても、イドの枯渇だろうな。この様子だと、初めて枯渇したんだろう。いま、話している間にも、少しずつ顔色が良くなっているから、完全に枯渇までは行ってないな。

俺は冬蜻蛉の顔を見下ろしながら、そう判断する。

「それは、絶望感ってやつだな。大丈夫、すぐにその感覚も良くなるから。その様子なら、イドが枯渇しきってなさそうだから、回復も早いはずだ」と俺。

「イドって？」

「そこら辺の話はあとだ。ほら、ネカフェ着くから」

俺達が帰ってきたことに気がついたぷにっとが、ネカフェの、手動になった自動ドアを開けてくれる。

ありがたく通りながら、ふと思い出して、ぷにっと達に空き地に放置してきた革靴の回収をお願いする。

自動ドアを開けてくれているぷにっととは別の子が、すぐにひょこひょことした様子で空き地へと向かっていく。


ネカフェへ入った俺はすぐさま冬蜻蛉が使っているブースへ。

「開けるぞ」と一応、一声かける。

返事を待たずに扉を開けると、そこはいかにも冬蜻蛉の部屋といった様子だった。

周囲のブースから集めたのだろう無数のハンガー。それに一着ずつジャンパーが掛けられ、壁がほとんどジャンパーで埋まっている。電気が来てないので、午前中でも暗く感じるブース。

俺はリクライニングチェアに冬蜻蛉をそっと下ろす。

背後からノックの音。

振り返ると、ぷにっと達が手に手に、懐中電灯に、水の入ったペットボトル、それに毛布やらを持ってきてくれていた。

ぷにっと達に冬蜻蛉の看病を任せ、ブースから出る俺。

狭いネカフェのブースだと小柄なぷにっと達の方が小回りがきく。

そこへ猫林檎を筆頭に、子供達が様子を見にやってくる。どうやらぷにっと達がここに集まってきたのを見て、俺達が戻ったのがわかったようだ。

ブースの入り口から鈴なりになって中を覗く子供達。冬蜻蛉のぐったりした様子に子供達は口々に心配そうに声をかけている。

それに答える冬蜻蛉。子供達を心配させまいとしてか、気丈に答えているのが、一歩引いて立っている俺にも聞こえてくる。

これじゃあ冬蜻蛉も休めないだろうと、子供達に声をかける。

「みんな、大丈夫。冬蜻蛉は少し疲れただけで、少しすればすぐさま元通りだから。いまは休ませてあげよう、な」

一番冬蜻蛉の近くにいた子が、こちらを向くと俺に訊いてくる。

「朽木おじちゃんが冬蜻蛉お姉ちゃんをお外でいじめたの？」

その質問は、絶大な破壊力を伴って、俺の精神へと突き刺さった。

「いや、違うから！　いじめてなんていないよ！」

俺はあらぬ疑いを晴らそうと、その子——確か名前は鳥硝子(とりがらす)——に必死に答える。

他の子達からも向けられてくる、疑いの眼差し。

イドの枯渇でうつらうつらし始めた冬蜻蛉。

ほとほと困った所へゆっくり歩いて現れた江奈。その姿が、いまばかりは救いの女神に見えた。

「朽木、訓練、やりすぎたの？　あれほど注意しなさいよって……」と開口一番、発せられた追撃の鉄槌。

どうやら女神に見えたのは見間違いだったようだ。完全に撃沈した俺。

結局、誤解が解けるのに、冬蜻蛉がイドの枯渇から復活し、見かねて止めてくれるまでかかった。

贈与

冬蜻蛉がイドの枯渇から回復し、再び向かった空き地でもともと予定していた江奈考案の訓練を無事に終えたその夜。

皆が寝静まった後、俺はこっそりネカフェを抜け出し、外にいた。こっそりとは言っても当然、不眠不休のぷにっと達は起きているが。

回収を頼んでいた、真っ黒な革靴をぷにっと達から受けとる。

――よしっ、ここら辺でいいかな。

俺はネカフェから十分離れた所で持ってきていた懐中電灯をつける。そのまま昼間、冬蜻蛉と使った空き地へと歩き出す。

自分が増やした雑草に気をつけながら。

「さて、倍加のスキルで増えた、この革靴だが。重力軽減操作のスキルもついている装備品なのかどうかが問題だ。もしくは解放スキルまでついているって可能性まであるよな」空き地につき、俺は独り言をもらす。夜、一人だけということで、いつもより独り言が駄々もれに。

俺はいま履いているGの革靴を外すと、もう一つの革靴を履こうとする。そこで、あることに気がつく。

「あれ、サイズが小さい？」

俺は二つの革靴の底を合わせるようにしてサイズを比べてみる。一目瞭然、新しく倍加で増えた方の革靴が小さい。

「おかしい。どういうことだこれ。まるで子供用と言ってもいいぐらいのサイズだ。これまで倍加で増やした物はどれも同じだったよな？」

俺は二つの革靴を懐中電灯の光のもと、細かい部分まで比べていく。

「形は一緒だよな。このダサめの刻印も、小さくなっているけど同じように刻まれているし……。しかし装備できないと、ステータス確認でスキルの有無がわからないな」

俺は革靴の表面を指でなぞりながらそう呟く。

「仕方ない、諦めて次の検証に進むか」

俺はいったん増えた方の小さくなっている革靴をしまうと、ホッパーソードを抜き放つ。そして、しゃがみこむと、持ち手の方が下になるようにして、足元の柔らかくなっている地面に刺していく。

「よいしょ、よいしょ」ぐぐっと地面に押し込むようにして突き刺したホッパーソード。

何とか自立するぐらいまでは地面に差し込めた。

「刃を地面に刺すと傷むって聞いたことがあった気がするからな。本当かどうかわからないけど。さて、これでよしと」

俺は次に妖精の鍬を取り出す。

地面に置いた懐中電灯の光が、ホッパーソードに当たるように微調整。出来映えに一つ頷くと、次に自分のステータスを確認しておく。

鍬を振りかぶる。

狙い違わず、鍬の歯がホッパーソードのすぐ隣の地面へと突き刺さる。ぽんっという音とともに、増えるホッパーソード。

「よしっ」

倍加スキルで実際に装備品が増えることは、これで確実となった。次に開きっぱなしだったステータスに再び目を通す。

「倍加スキルで使用するイドは、他の物を増やした時と同じか。ふむ……」

俺はステータス画面のイドの項目を見ながらそう、呟く。これはある程度想定していた通りだった。もう一つの可能性として、装備品を倍加で増やす時はイドの消費が大きくなるかも、と思っていたのだが。

そして、いよいよホッパーソードを比べていくことにする。

増やした方がどちらかわからなくならないように、慎重に地面から抜くと、右手に元々のもの。左手に新しく増えた物を持つ。

「サイズも一緒、だよな。冬蜻蛉が妖精の鍬を使ったから革靴の時はサイズが違う可能性が高くなってきた」

俺はそのまま、ステータスに目を通す。

「二つ持っても、装備品として表示されるのは一つ分、と。イドとオドの増減分も一つ分だけと。

これも想定通りだな」

俺はこの結果には少し残念に思う。もしかして同じ装備品なら二つ持てばイドとオドの増減が二倍になるのではという淡い期待があったのだ。

そしていよいよ、二つのホッパーソードを一つずつ、持ってみることにする。

「どちらも、スキルでイド生体変化、あるな」

俺は倍加で増えた方のホッパーソードを装備すると、イド生体変化のスキルを使う。何の違和感もなく。まるで長年使い慣れ親しんできた装備品かのごとく。

無事、イド・エキスカベータの作成に成功する。そしてそのまま、消費したイドを回復させた。

深夜の倍加スキルの検証を終えた翌朝、いつものようにネカフェのオープン席での朝食を終えた俺は自分のブースに戻ってきていた。

――今日の朝食はいつにも増して戦争だった。果物の缶詰が出る日は今後も毎回こう、なんだろうな。

遠い目をしながら先ほどの喧騒(けんそう)を思い出す。騒がしくも賑やかな食卓。ぷにっと達が次々に繰り出す桃缶にパイン缶。争うようにとりあう子供達。普段は注意する側の冬蜻蛉すら参加してしまい。

結局俺と江奈の二人で、子供達と激闘の末、何とか平等に配分することに成功した。

まさかネカフェの中でこんな景色を視(み)ることになるとは。ネカフェ暮らしの長い俺でも全く想像していなかった。

さて、俺はいま現在に意識を戻す。

ブースの中、目の前の机にはPCのディスプレイをどかしてある。代わりに並べてあるのは、二振りのホッパーソード。そして倍加で増えたGの革靴だ。

「この革靴はサイズが元のよりも小さい。ホッパーソードは倍加で増えた方も同じサイズなのに。まあ、普通に考えれば冬蜻蛉が妖精の鍬を使ったからだろうけど、そこまで都合のいいスキルなのか？」

俺はそこで首をかしげる。

「いまにして思えば、これまで装備品化のスキルで手にしてきた装備品は、どれも俺にぴったりのサイズだった。全く違和感が無かったから気にもしていなかったけど、いまにして思えばサイズ調整も装備品化のスキル自体に組み込まれているんだろうな」

そして手元の革靴を眺める。

「とすると、倍加のスキルと、装備品化で現れた装備品が何らかの形で干渉している可能性があるのか。よくよく考えたら、俺の装備品を使ったの、俺以外では冬蜻蛉が初めてだったな」

そこで俺のブースの扉にノックの音。

「朽木、開けるよ」とそこにはちょうど冬蜻蛉の姿が。

「今日の訓練なんだけど……」と俺の返事も待たずブースを覗き込みながら話していた冬蜻蛉の声がそこで途切れる。その視線の先には机に並べられた装備品。

「朽木、それって？」

「ああ、倍加スキルで増やした装備品だ。試しにつけてみるか？」俺はこれも何かの巡り合わせだろうと、革靴を差し出しながら訊いてみる。

「いいの？　僕が使ってみても。これって大事なものだよね」

「ああ、確かに。でも、これの使い方なら俺でも教えられるからな。特にこっちの靴なら、冬蜻蛉が得意だっていう逃げ足をさらに活かせると思うんだよね」

「わかった。ありがとう。使ってみる」と革靴を受け取り、うずうずした様子の冬蜻蛉。

まるでプレゼントにおもちゃを貰(もら)った子供のようだ。すぐにでも遊びたいっていうのが俺でもわかる。

――いや、実際にまだ子供だもんな。……俺はそんな子供にあんな物を渡して使い方まで教えようとしているのか。

喜んでいる冬蜻蛉を見ながら、複雑な気分になる俺。

――だけど、本人が望んでいるのなら、力は絶対に必要だろう。いつまでも俺達が一緒にいてあげられるかわからないしな。なんといっても、ここは多分異世界で、俺も江奈も部外者みたいなもんだしな。果実持ち(エンブリオホルダー)とやらを探しに行かないといけないっぽいし。

と、迷いを振り切って俺は冬蜻蛉に声をかける。

「それじゃあ今日の訓練、それ持っていくか」

「うんっ」と、冬蜻蛉。腕に革靴を抱え、にこっと笑みを溢(こぼ)すその姿は、初めて見かけた時とはすっかり様変わりしていて、妙に印象的だった。

スキルの可能性

目の前で、ぼろぼろのスニーカーをぬぎ、革靴に履き替える冬蜻蛉。

「サイズはどうだい」俺はその様子を見守りながら声をかける。

「うん、ぴったり。どう？　どう？」軽く歩きながら、訊いてくる冬蜻蛉。

この、どう？　とは多分見た目がどう見えるかということだろう。答え方を間違うと後々まで禍根が残るという噂に高い質問に違いない。

今回は着替えずにそのまま来ていた冬蜻蛉。当然ジャンパーを重ね着している。一番外側のジャンパーが、俺があげた新品の黒色で、色合い的には靴と揃ってはいる。

しかし異世界人の俺からしたら、そもそものジャンパーの重ね着が変にしか見えないので、そこに加わった真っ黒な革靴というのは奇抜さがアップしたようにしか見えない。

しかし、当然そんなことは口が裂けても言えず。

「ああ、色合いがあってるよ？」とお茶を濁した回答をしてみる。

「ふーん」と冬蜻蛉。俺の回答が不満かどうか微妙な所。

「なんだか、革靴って、かたくて歩きにくい。底も厚いし」

まあ、当然革靴なんて履いたこともないだろう。俺はファッションの話題から離れてほっとする。

「すぐ慣れるよ。それじゃあ、さっそくスキルを使ってみるか」

俺は来る途中で拾ってきた木の枝を冬蜻蛉に渡す。軽くホッパーソードで表面を削り、握っても怪我しないようにしてある。

「それにスキルをかけてみてくれ。その革靴についているスキルは重力軽減操作。質量は変わらないんだけど……」

と、そこまで話した所で、きょとんとした表情の冬蜻蛉に気がつく。

——そうか。物理学とか知らないいか。そういや冬蜻蛉達がどれくらいの教育を受けているかなんて全然把握してなかったな。

俺はその境遇を思って暗い気分になる。

「とりあえず、棒よ、軽くなれ軽くなれって思ってみてくれる?」

俺は冬蜻蛉が倍加のスキルを発動させていたのを見ていたので、これで大丈夫だろうと、わかりやすく伝えてみる。

——重力軽減操作はイドの消費が少ないからこれで大丈夫だと思うんだけど……

俺がじっと見守る先で、冬蜻蛉が両手で木の棒を握り、目をつむっている。

そっと目を開ける冬蜻蛉。

不思議そうな顔をしながら、手にした棒を上下に振り始める。

「ダメみたい?」と残念そうな冬蜻蛉。

「えっ！　もう一回やってみてくれる」

俺は改めて冬蜻蛉のイドの流れに集中してみる。

……確かに、イドの流れが見えない。棒を握って再び集中している冬蜻蛉。その体にイドがあるのは見えるが、俺が自分で重力軽減操作をした際に見える、イドの流れが冬蜻蛉からは感じられない。

逆にイドがなぜか冬蜻蛉の中で渦巻くように動いているのが見える。ふと、思いつきを口にしてしまう。

「冬蜻蛉、試しに自分自身に軽くなれって念じてみてくれる？」

「え、うん」木の棒をかえすがえす見ていた冬蜻蛉の肯定の返事。

棒を持ったまま、だらんと腕を下げた冬蜻蛉。

その体に宿るイドが、革靴に集まったかと思うと、次の瞬間、ぱっと全身に広がるのが俺の黒く染まった瞳に映る。

パチッと目を開ける冬蜻蛉。

軽く膝を曲げ、飛び上がる。

俺の身長を軽く越える、跳躍。一瞬見失った冬蜻蛉を目で追う。跳躍の頂点で一瞬静止した冬蜻蛉の、驚きに見開かれた瞳。

驚きのあまりか、ぐらりと空中で姿勢を崩す冬蜻蛉。俺はとっさに落下地点へ。

ストンと俺の腕の中へ落ちてくる冬蜻蛉。その体は羽のように軽くなっていた。

あれからしばらくして、目の前を高速で移動している冬蜻蛉。

軽やかな動きは、最小限の力でその肉体を移動させているのだと自然と伝わってくる。

――才能、あるんだろうな、これ。

冬蜻蛉は最初の失敗以降、あっという間にコツを摑んでしまったようだ。

体勢を崩し落ちてきて、収まっていた俺の腕から抜け出すと、すぐさま自分自身に再び重力軽減操作をかけた冬蜻蛉。

そのままその場でジャンプし始める。

一跳びごとにその到達地点が高くなっていく。あっという間に数メートルの高さにまで到達すると、何度もその高さのジャンプを繰り返し、自分の動きを確かめている様子。

その次に、彼女は空き地をまっすぐ走り始める。

俺がイドを読み取る目で見守っていると、走りながら重力軽減操作を始めたのがわかった。

始めのうちは、まるで月を歩く宇宙飛行士のような動きをみせる。しかしすぐにその姿勢は前傾になり。

さらに、スキルの発動が瞬きのように細かく繰り返されているのが、イドの流れから見える。

そうやって、走り続けるなかで微調整されていくスキルの発動。冬蜻蛉の足の動き、腰のひねり、そして重心移動。

それらが次々と嚙み合っていくのが、手に取るようにわかる。

ポーンポーンと跳び跳ねていたのがまるで嘘のように、彼女はあっという間に地面を這うようにして、高速で移動することに成功してしまう。

いまではすっかり空き地を縦横無尽に飛び回り、跳ね回る冬蜻蛉。なんだかその表情も楽しそうだ。

俺は結局、基本的に見守っていただけ、だな。

――イドの流れを見ると、冬蜻蛉はかなり細かく重力軽減操作のオンオフを繰り返している、みたいだ。でも結局、あのあとも試してもらったけど自分自身以外への重力軽減操作は成功しなかった。その代わり、自分自身への重力軽減操作は俺とは比べ物にならないぞ、これ。しかも自由に軽減率を操作できるみたいだし。

俺は目の前で天高くまで跳躍した冬蜻蛉を仰ぎ見ながら舌を巻く。

――倍加スキルといい、もしかして俺の装備品のスキルって使う人間で効果に差があったりするのか？

俺は自分の装備を改めて眺めながら、そんな疑念にかられる。その時だった。ズボンの裾が後ろに引っ張られるのを感じる。

振り向くと、そこには一体のぷにっとの姿が。

「どうした？　わざわざこんなとこまで」俺は目線を下げながらそのぷにっとに話しかける。

手に持つ物を、伸ばすようにして差し出してくる、ぷにっと。その手にはアスファルトでできた犬耳のようなもの。

「っ！　これ、もしかして市街地で見つけたのか？」

問いかける俺に対し、こくこくと頷くぷにっと。

それは、どうやら、ようやく見つかった手がかりのようだ。失踪したぷにっと達へと至るための、それ。

「冬蜻蛉！」俺は少し離れた所でバク宙を繰り返していた冬蜻蛉に声をかける。

「なに？」俺の声に潜む緊迫感が伝わってしまったのか。すぐさまバク宙をやめてこちらへ走ってくる冬蜻蛉。

「すまないが、今日は訓練はこれで中止だ。冬蜻蛉はネカフェに戻っていてくれ」

俺は急ぎ冬蜻蛉にお願いすると、手がかりを持つぷにっとを抱え、飛行スキルを発動した。

サイド　冬蜻蛉3

僕は朽木が空へと飛び去っていくのを見送る。

——方角はホームセンターのあった方かな。きっと、ここ数日、ずっと朽木が気にしていたやつだ。帰ってこないぷにっと達のこと。市街地に行ったんだ。

僕は朽木が見えなくなると、スニーカーに履き替え、とぼとぼとネットカフェに帰り始める。

——これ、帰ったら返さなきゃ。貸してもらってるだけだし。

僕は残念な気持ちで手にした革靴を眺める。

思い出すのは先ほどまでのスキルのこと。

疾走する自分の体。

解き放たれたような解放感。

そして溢れる全能感。

借り物にすぎないとはいえ、それはこれまでに感じたことのない喜びだった。

ままならないことばかりの自分の人生が、朽木がきて、本当に一変してしまった。

——それ自体が奇跡。朽木はまるで、おとぎ話の中の魔法使い。そうしたら、僕は魔法使いの弟子、になったんだ。

そんなことを考え、ふふっと笑みをもらしながら進む。いつの間にか、足取りも軽くなっていた。

「ただいまっ」ネットカフェの前につく。そこにいるウシャ達ぷにっとに挨拶する。

次々に両手を挙げるようにしてお返事を返してくれるウシャ達。その姿が可愛らしくて、僕はいつも機会がある時は声をかけてしまう。

——いつ見てもすごい。これ、本当にネットカフェって言っていいの？

ウシャ達が日々増強し続けているネットカフェは、見た目はすっかり要塞とか、砦（とりで）とか言われるような外見になっていた。

どこからかファルト達が調達してきた鉄板やらアルミの板やらが貼り付けられた壁は、様々な金属でモザイク状に変わり。

いまはさらに周囲を取り囲むように、壁の建設が始まっているようだ。新しく作られている壁の上には所々にクロスボウのような弩（いしゆみ）のような、よくわからない物も設置されている。かなり物々しい雰囲気。

ネットカフェに入ると、猫林檎達に囲まれる。次々に寄ってきて話しかけてくる子供達をあやしながら、質問に答えていく。

どうやらみんな、僕が外で朽木としていた訓練に興味津々のようだ。

子供達をいなしながら、先に片付けしなきゃと、待ってもらうことにする。

——猫林檎、いつもながらナイスフォロー。この革靴、どこに置いておこう？　大事な物だからそこら辺に放っておくわけには当然いかないけど。

僕はもう一人の大人である江奈・キングスマンに預けるかとも思ったが、ネットカフェの中に姿が見えない。

——体調悪くてブースで寝ていたら起こしちゃダメだ。仕方ないから朽木のブースに置いておく。

僕は子供達にオープン席で待っててと伝えると、朽木のブースへと向かう。

勝手に人の部屋を開けるのは、少し抵抗があったが、これを置くだけ、と中へ。

ごちゃごちゃとしたブース。

こういうとこ、大人なのに、結構だらしない。

僕は唯一空いているパソコンのディスプレイの前に革靴を置こうとして、それが目に入ってしまう。

机に起きっぱなしにされていた、二振りの小太刀。柄頭(つかがしら)にバッタの意匠の入ったそれは、確か朽木がよく使っている武器。

「これ、忘れたの？　えっ」

驚きのあまり漏れた僕の呟きは、誰もいないブースの虚空へと消えていった。

サイド　冬蜻蛉4

ぐるぐるといろんな思いが頭の中を巡る。

朽木の役にたちたいという気持ち。

江奈・キングスマンの体調と、このことを伝えた時の彼女のとるだろう行動。

猫林檎達、子供達のこと。

そして、僕の重力軽減操作のスキル。

僕は衝動的に目の前にある二振りの小太刀を掴む。

ばっと下から二枚目のジャンパーまでをめくり、左右の隠しポケットからジャケットホルダーを取り出す。小太刀が落ちないようにジャンパーの間で、体に固定する。

残念ながら、少しはみ出してしまう。軽く体を動かし、動きに支障がないことだけ確認すると、次に靴を革靴へ履き替える。

「届けるだけ。そう、届けるだけなら。ただ行って、帰ってくる。いまここにいる中で、僕が一番速い。だから届けてすぐに帰ってくる。そう、やることはそれだけだ」

自分にそういいながら、ブースを出る。

なぜかブースの外にいる、猫林檎。元々が気配りにたけ、気の利く猫林檎は、当然目敏(めざと)い。

僕のジャケットからはみ出す小太刀と、僕の足元へ猫林檎の視線が移動する。

「……安心して行ってきてくだせぇ。アネキの留守はオラにどーんと任せて」と猫林檎。

「うん。いつもありがと」僕は猫林檎の横を通りすぎながら、右手をグーにして肩の高さに。

にかっと笑って、グーパンをそこへ当ててくる猫林檎。僕は振り返ることなく、まっすぐネットカフェを出る。

そこへ、わらわらと集まってくるぷにっと達。僕の邪魔はしないまでも、どうやら僕のことを行かせたくない様子。

手に手に、ばつ印を作っては、左右に体を揺らすぷにっと達。

先ほどの猫林檎との会話を聞かれたのか。はたまた僕の様子を見て何かを察したのか。

どちらにしろ、行く手を遮られているわけではないのだからと僕はまっすぐに走り出す。

まずは僕らがいたホームセンターへ。

そして目指すは市街地、朽木の元へ。

重力軽減操作の発動。

そして踏み出した、一歩。

その一歩は、僕にとっては普段歩く時に踏み出すのと変わらぬ一歩。しかし、いまの僕は、朽木から借りた力を得ている。その一歩に込められた力を実質何倍にもして、一気に加速する。

飛ぶように流れ出す景色。

幹線道路をまっすぐにつきすすみ。

あっという間に見えてきたホームセンターの残骸を尻目に。

――もっと。もっとだ。もっと急がなきゃ。

額が地面につくのかというほどの前傾になり、重力軽減操作の恩恵を最大まで引き出す。

眼前を流れる地面。耳元で荒れ狂う向かい風。

そして、市街地が見えてきた。

空中戦

「これは、さすがにまずい、かな」俺は市街地の空を舞いながら、ツインテールウィップを振るう。

ぷにっと達の失踪の手がかりを得て、勇んでここまで来たのは良かったのだが、まさかの忘れ物。手がかりがあったとぷにっとが伝えてくれたビルは、敵の巣だった。

とっさに、ぷにっとを鞄に押し込み何とかガラスを割って外には出れたものの。取り出そうとしたホッパーソードが無かった時は本当に焦った。

特に、イド生体変化によるイド・エキスカベータが使えないのが痛い。

こうしてみると、俺の戦いって大量のイドでのごり押しばっかりだったんだな。

しかし、反省する暇もない。

ビルの外、目の前を舞う敵は一見、鳩（はと）のようなモンスター。しかし、その腹部には縦に亀裂があり、そこがくわっと開く。

いまも腹部が開いた状態で突撃してくる鳩。亀裂にはウジ虫のような、ヒルのようなのが無数に蠢いている。

「きもちわるっ」俺は嫌悪感のあまり、大幅に進路変更して、鳩の突撃をかわす。あの鳩の腹の蟲（むし）

がなんなのかはわからないが、血を吸われるのも寄生虫よろしく肌の下に潜り込まれるのも勘弁願いたい。いや、ぷにっと達の残骸が無いことを考えると、別の可能性もあるか。

かわしざまに振るったツインテールウィップは、またしても空振り。

直線移動が主体の俺の飛行スキル。さらには空中を三次元的に飛び回る俺と敵の相対位置を把握しきれず、俺の攻撃は空振りばかり。

――イドを節約しなきゃいけないのが辛（つら）い。しかも小さくて数の多い敵ってもともと苦手だし。

俺は何度も逃げようと試みたのだ。しかし、いまは攻撃に参加してこない鳩達が予備戦力よろしく俺よりさらに上空を何匹も旋回していて、逃げようとする度に波状攻撃のように突撃をかましてくる。

それに、イドの力押しで急加速してにげるわけにもいかず。イドの枯渇する未来しか想像できないので。

そんなんで、すっかり手詰まりになっていた。

――まずは一発だ。一発当ててみなきゃ話にならない。どうやらこっちが戦う姿勢を見せている限りは、あの鳩もどきはなぜか複数で襲ってこない。そこにつけこむ隙があるはず。

最大のネックになっているのは、空間把握。目まぐるしく変わる相対位置を把握する力。

俺はすでに加速している意識のギアをさらにあげられないか試みる。

集中しようとした俺の顔面目掛け、鳩もどきの腹が迫る。

俺はギリギリまで引き付け、下向きへ飛行スキルで急加速。

避けきれなかった腹の蟲が一匹、こめかみを、かする。

一筋の灼熱（しゃくねつ）感。

続いて血が噴出する。

とっさに、こめかみを手で押さえる。

——ごっそり皮膚が抉（えぐ）り取（と）られている!?　なんなんだあの蟲の攻撃は？

俺は落下していく鳩もどきを、驚愕しながら目で追う。

そう、至近距離まで引き付けたことで振るったツインテールウィップが命中したのだ。完全にまぐれの一撃。それでも当たりは当たりだ。

俺はそこで、目を疑う。

鳩もどきの落下するその先、道路に歩道橋がかかっている。

そこに、人影がある。

「冬蜻蛉、どうしてここに……」

歩道橋の上の冬蜻蛉と、目が合う。

ばっとジャンパーをはね上げるように開く冬蜻蛉。

まるで、くじゃくが羽を広げたかのようなカラフルな姿。バサバサとした後、その手には、俺が忘れたホッパーソードが握られていた。

そのまま大きく手を振るう冬蜻蛉。

「わざわざ届けてくれたのか、冬蜻蛉。危険な真似（まね）をっ。……これも俺がスキルの使い方を教えたせいか。あっ」

俺が叩き落とした鳩もどきが、冬蜻蛉の頭上へ。どうも羽をやったのか、ほぼ落下していくだけの鳩もどき。

俺は、これならいけるかと、カニさんミトンから酸の泡を撃ち込む。

無事、鳩もどきへ命中。

——よしっ！　良かった。酸の泡、散々避けられていたからどうなるかと思ったよ。

冬蜻蛉の頭上数メートルの高さで、黒い煙となる鳩もどき。

それは、俺が狙っていた装備品化スキルの発動。この難局の打開に向けて、逆転の目をかけていたもの。さっきまでは。

しかし、冬蜻蛉が来たことで、状況は一変した。

黒い煙がまとまり、装備品として現れた何か。それは冬蜻蛉の頭上を越え、歩道橋の向こう側へと落下していく。そして、さらにそれと同時に、黒い煙からこぼれるようにして現れたものがある。

一枚のカードだ。

冬蜻蛉のちょうど手元へとひらひら舞い落ちていくそれを、冬蜻蛉は器用にホッパーソードを握ったまま摑む。

「もしかして、モンスターカードっ！」俺は嫌な思い出が甦（よみがえ）る。あれ以来、意識してツインテールウィップを使ってこなかったのも、例の件があったから。

――アクアの時と同じなら、鑑定しなきゃ、召喚の文言はわからないはず。

そう、思っていた。

手にしたカードを裏返し、目の前まで持っていった冬蜻蛉が、何かを呟き始めるまでは。

その様子に、湧き上がる焦燥感。俺は全速力で冬蜻蛉の方へと向かう。

「冬蜻蛉っ‼　ストッ」

俺の伸ばした手の先、叫び声の途中で、冬蜻蛉の手にしたカードがぐにゃぐにゃと動き出す。

真っ白な鳥の羽のようなものが、カードから飛び出したかと思ったら、カードを包み込むようにして球状になる。冬蜻蛉の手から飛び上がった、それ。

白光一閃（いっせん）。

羽でできた球が、羽を持つ少女の姿を取る。

真っ白な髪に、真っ白な肌。そして何よりも目立つ、白銀色の片翼の翼。その少女が片手で天を指し、声高々と宣言する。

「いえーい。貴方（あなた）の世界にエントロピーを御届け。第一の喇叭（らっぱ）ちゃん、来ちゃいました～」

第一の喇叭ちゃん

「殺(や)っちゃいます？　殺っちゃいます？」第一の喇叭ちゃんとやらが、ぐいぐいと冬蜻蛉に迫っている。

目と口を見開いた冬蜻蛉。迫ってくる第一の喇叭ちゃんから後退(あとずさ)りしているのが見える。完全に、ドン引きしたのが伝わってくる。

——まあ、初めてあんなのに出くわしたら誰でもああなるよな。しかしアクアといい、モンスターカードって地雷ばっかなの？　さっさと送喚させなきゃ。

俺は急ぎ冬蜻蛉の隣へと降り立つと、第一の喇叭ちゃんとやらをできるだけ刺激しないように、声をかけようとする。

「ふゆ……」

「いぇーす。沈黙の承認、いただきましたー。さあ、殺っちゃうぞー。エントロピー、カモーン！」と俺の話し出しに被せるように捲(まく)し立てる第一の喇叭ちゃん。そのまま片翼の翼を広げ一気に上空へ。

あ、これ。ダメなやつだ。

残された俺と冬蜻蛉は目だけで、共感する。

「逃げるぞ！」「うん！」と冬蜻蛉がホッパーソードを俺に放る。

俺がホッパーソードを摑んだ時には、すでに歩道橋から冬蜻蛉は飛び出していた。まっすぐ、ネカフェのある方を目指して。

俺は装備品だけは回収せねばと、冬蜻蛉と逆方向へ歩道橋から飛び降りる。

——放置はまずい。敵に使われる可能性が……。あったっ！　あれだな！

まっすぐに離脱を図った冬蜻蛉と、余計なしがらみにとらわれた俺。

命運を分けるのは、いつだってこういった小さなしがらみ。

俺が新たに鳩もどきから現出した装備品に手を伸ばしたちょうどその時だった。

最初の一つが落下してくる。

それは、燃えさかる氷。

大気中を燃えながら落下してきたそれは、一筋の炎の軌跡を空中に描く。それを皮切りに、無数の氷のつぶてが、炎をまとって落下してくる。

それ自体が凶器となり、空を舞う鳩もどきに襲いかかる。燃える氷の直撃を受けた鳩もどきが、そこかしこでぱっと燃え上がっている。

しかしそれは、燃える液体が鳩の体にまとわりつき燃え続ける、といった感じではない。どちらかといえば、ガス爆発のような様子。

俺は燃える氷を回避しながら、その様子を見て逃げようと試みる。嫌な予感がするのだ。

——これ、もしかしてメタンハイドレートの雹なのか？

俺のその嫌な予想が的中してしまったのか。ただの燃える氷以上の危険がすぐそこまで迫ってきていた。

息が。苦しくなってきたのだ。

市街地を覆う広範囲で降り注ぐメタンハイドレート。落下の衝撃で割れて砕けたそれは、一気に、爆発的に燃え上がる。

そうして消費される、酸素。

街全体を覆うほどのメタンハイドレートの燃焼は、その地に生きるものすべてを殺し得るほどの酸素濃度の低下を引き起こし始めていた。

俺は低酸素症で、飛行スキルの維持に失敗する。ターバンから現出していた漆黒の翼が消える。

落下する体。迫るアスファルト。

俺は飛びそうになる意識を何とか繋ぎ止め、せめてもと、体を丸める。

衝撃。

飛行していた時の速度のまま、地面を転がる。くるくる、くるくると天地が入れ替わる。

何とか速度を落としきり、停止。イド生体変化でまずは肺機能の拡張を試みる。

「ごはっ。はぁはぁ」

——成功、した。前にエラ呼吸を試した経験が参考になった、な。

ついで全身の擦過傷を修復。

ふらふらしながら頭を上げた時だった。

頬に風が当たるのを感じる。背中を走る悪寒。

嫌な、風だ。

本能が告げる。この風はヤバい、と。

低酸素のためにいったん下火になっていたメタンハイドレートの炎が、そこかしこで再び燃え盛り始める。落下の衝撃で破砕したメタンハイドレートの氷が辺り一面にあるのだ。

そして、風により周囲から流れ込み始めた新鮮な空気。芳醇（ほうじゅん）な酸素。

大量の熱が生む、上昇気流。

俺は本能の告げる危機のままに、装備を替える。

——ぷにっと注入っ！　連続発動だっ！

俺の真下で次々と生まれるぷにっと達。その質量分、大地に穿たれる穴。穴の底を掘り下げるようにして、深く深く深く。

俺は、ぷにっとを産み出し続けた代わりに生じた下方向への穴へ潜り込む。

そこへ、俺の上に覆い被さるように、生まれたばかりのぷにっと達がのし掛かってくる。

その時だった。

爆音。

閃光（せんこう）。

そして、地上に満ちた炎。

メタンガスの、炎。

酸素の急激な流入によって、一気に燃え上がっていく。

それはまさにガス爆発。市街地が吹き飛ぶ。

更地になった大地。

次にそこに生じるのは、火炎旋風。

急激な熱量の増加による上昇気流と、止まることを知らないメタンハイドレートの氷の雨が、平らになった大地に火炎地獄を呼び起こす。

その正体は、炎をまとった竜巻。無数の渦巻く風の流れに、メタンハイドレートの炎が柱のように吸い込まれ、まとわりつき、辺り一面を薙ぎ払っていく。

俺の背に乗って庇ってくれていたぷにっと達が、次々と火炎旋風で吹き上げられ、その身を燃え上がらせながら彼方(かなた)へと巻き上げられていく。

俺はホッパーソードを地面に突き立て、必死に地下で身を繋ぎ止める。

いくら時間がたっただろうか。

すでに俺の背にいたぷにっと達はその姿を消し。

俺はひたすら自らの体をイド生体変化で強化し。それでも地上の高温の空気で爛(ただ)れる背中を癒し続け。

気がつけば、世界に静寂が戻っていた。

サイド　冬蜻蛉5

僕は力の限り、駆ける。

姿勢を前に倒し、右足の足裏が大地を蹴り離れる瞬間、全身へ重力軽減操作を発動。

蹴り出す力をすべて前進するための推進力へ変換。

体が前方へロケットのように飛び出す。

体を支えるための力を極限まで削ることで、僕の脚力のほとんどを前へ進むために使う。

すぐさま、重力軽減操作を限定解除。

体にくっつきそうなぐらいまで左足を折り畳む。前方に倒れ込んだ体が大地に近づいた瞬間、左足の足裏が大地を捉える。

あとは、ひたすらその繰り返し。

半ば無意識で繰り返す重力軽減操作と、僕の体捌き（たいさば）きがシンクロする。

——もっと。もっと。もっと、無駄が省ける。

脳裏に浮かぶのは、先ほど邂逅（かいこう）した第一の喇叭ちゃんと名乗る存在。

あまりに異質で。

あまりに危険で。

——あの朽木が、あんな顔をするなんて。

第一の喇叭ちゃんと名乗る存在が、無言は承認だーとかわけのわからないことを言って飛び立っていった後、朽木の顔に浮かんだ表情を思い出す。

——それでも、朽木に無事、小太刀を渡せた。何もできなかったホームセンターの時とは違うんだ。役に立てたはず。……多分。

その時、背後で閃光が走る。

僕は市街地を抜け、幹線道路をひた走っていた。

ちらっと背後を振りかえる。見えたのは立ち上るいくつもの炎の柱。

それらはぐるぐると竜巻のように渦巻いている。

僕はとっさに道沿いの建物の陰へ飛び込むと、地面にうずくまる。

ギリギリだった。

僕がいた場所を含め、衝撃波のようなものが通りすぎていく。

アスファルトの大地を砕き、建物を破壊し、粉砕された瓦礫が飛び交う。

僕の隠れた建物も、二階部分があっという間に吹き飛ばされ。僕の隠れた壁もあわや倒壊寸前の有り様。

僕はいっそう縮こまる。

数時間かはたまた数瞬か。

気がつけば、静寂が訪れていた。

僕は自分の体に異常がないか確認すると、そっと立ち上がる。

もうもうと舞い上がる砂ぼこり。

破砕された瓦礫によるものだろう。

ぱんぱんとジャンパーに付いた砂ぼこりを払う。

まるでその音が呼び込んだかのように。

急に目の前に閃光が降りてくる。

僕はとっさに顔を腕で庇う。

その隙間から覗く空間に、第一の喇叭ちゃんと名乗る例の存在がゆっくりと降り立った。

「ヒェッ」僕の喉から変な音が漏れる。

気がつくと僕は尻餅をついて後退っていた。とん。背中に、壁が当たる。

第一の喇叭ちゃんが両足を揃えて、腕をまっすぐ横に広げる。そのままぴょんと跳ね、僕の目の前へ。

「やっちゃった〜。やっちゃった〜。鳩さんバラバラ、楽しいなー。街もぐちゃぐちゃ、気持ちいいー。さて、さてさてー。次も殺っちゃう？　殺っちゃうよね？」

恐怖のあまり声が出ない。様々な怖い目にあってきたが、ここまで恐ろしい相手は初めてだ。僕はせめてもと、ぎこちなく首を横に振る。

「んー？」第一の喇叭ちゃんは広げた腕のまま、ひこーきっ！　とばかりの動きをなぜかしながら、そんな声を出す。

「じゃあ次は、あの男、殺っちゃいます？　身に過ぎた装備品を持ってるから、殺っちゃいます？　サクっとスパッと殺っちゃいます？　そうしたら特別な武器も防具も、全部君のものだよ」と僕の精一杯の意思表示などどこ吹く風の第一の喇叭ちゃん。その目は僕の足元を見ながら、軽やかに誘惑するよう。

僕は、思わずさーっと血の気が引く。

──はやく、はやく否定しないとっ。男ってきっと朽木のことだ。本当に殺されちゃうよ！

パクパクと口を動かすが、いまだにうまく声が出ない。

「それに、あいつってさー、君から見たら敵の世界の人間でしょ？　そーいうの、第一の喇叭ちゃんには、一目でわかるのです！　しかも品性下劣、根性汚濁まみれと名高いノマド・スライムの臭いがするよー。あんなのと関わってたら君もスライム臭くなっちゃうよー」

と、ひこーきのポーズをやめ、手を目の上にかざす。それは遠くを見る仕草。その視線の先は、僕達のネカフェの方向。

「んー。完全にスライムにとりつかれているねー。でも、逆に、ほとんど取り込んでもいるー。あれ、男のお仲間の女かな」クンクンと鼻を動かし、眉間にシワを寄せて第一の喇叭ちゃんが言う。

──江奈・キングスマンのこと⁉　こんなに離れていて、壁もあるのに、まるで見えたり臭ったりしているような仕草だけど。まさか、ね。でも、本当なら何とかしなきゃ。

僕はようやく声が出る。か細い、か細い声が。

「ダ、メ……」

「えー」と不満げな第一の喇叭ちゃん「あいつら、スライム臭いよ！　それに……」と、なぜか急に言葉を切ると、風の臭いをかぎ出す。

「あーなっとくー。なるほど。なるほどー。原因は不可触の大樹の実ですか。食べちゃって、出来損ないの世界の胚を持ってる人がいるってわけねー。そういうことー。それはそれで、楽しいからいいや～」

急にハイテンションに戻る第一の喇叭ちゃん。ぱっと片手を上げるポーズをとる。初めて顕在した時のポーズ。

「そろそろ帰るー。誰でも何人でも、殺っちゃいたくなったらよんでー。いつでもどこでも、エントロピーをお届けっ！　第一の喇叭ちゃんだよー」

そういうと、片翼の白銀の翼が第一の喇叭ちゃんの体を包み込む。

しゅるしゅると音を立てて、それはどんどんと小さくなっていく。

翼が作っていた球体は、ついには一枚の白色のカードとなる。そしてヒラヒラと僕の足元へと舞い落ちてきた。

失って気がつく

俺は穴から顔を出す。

周りに飛び散ったぷにっと達の残骸。どれもバラバラだ。動くぷにっとの姿はない。

俺はそっと手を合わせる。

「ありがとう」

そのまま飛行スキルを発動。一気に上空へ。

鳩もどき達もきれいさっぱり消え失せていた。

——あの爆発に、炎の竜巻だ。到底、生き残ったのはいないだろう。

俺は上空から見下ろす。

かつて市街地だった部分は完全に更地と化していた。所々から煙が立ち上る。それは上空まで達し、非常に焦げ臭い。

俺は鼻を押さえながら、視線を左右へ。

——第一の喇叭ちゃんとか名乗っていた、奴の姿が見えない。冬蜻蛉が召喚したから、召喚者から離れて遠くへは行かないはずだが。冬蜻蛉の所へ戻ったのか？　だとしたら……

嫌な予感がした俺は、直前の冬蜻蛉の行動を思い起こす。

冬蜻蛉は、歩道橋からジャンプして道路に降りた後、ネカフェの方へ向かって一直線に走っていた。あの速度なら爆発が起きる前に市街地は抜けたはず。だとすると……。

俺はだいたいの目星をつけ、冬蜻蛉の足取りを追う。

――多分ここら辺で冬蜻蛉は爆発の衝撃波にあったはず。

市街地を抜け、被害がやや少ない地域に入る。建物の残骸がまだ残っており、その壊れ方を見ると、市街地を中心として放射状に衝撃波が広がったのがよくわかる。

――上空から見ても、瓦礫が散乱して探しにくい。一度降りるか。

大地へと降り立った。アスファルトがめくれ上がり、建物の二階以上は吹き飛ばされていたり、倒壊している。

俺は瓦礫を中心としてぷにっと注入をする。

「よし、君はレキだ。すまないが他のぷにっと達と冬蜻蛉という女の子を捜してくれ。見た目は黒の革靴に、複数枚のジャンパーを着ていて……」と冬蜻蛉の見た目をレキ達ぷにっとへ伝える。

「特に瓦礫の下には注意してくれ。頼む」とレキに伝え、俺はネカフェへ向かう。できるだけ低空を飛びながら。

――無事にネカフェにたどりついていてくれるのが一番。もしくは途中で怪我とかで立ち往生している可能性も……

逸(はや)る心を抑え、慎重に周囲を見ながら飛び続ける。冬蜻蛉の姿を見つけられず、そのままネカフェについてしまう。

ネカフェは無事だった。ウシャ達ぷにっとの頑張りの成果が如実に現れている。新設された壁には先ほどの爆発で飛んできたのだろう様々な物が突き刺さっている。

それをいまも抜き、補修しているぷにっと達を労い、ネカフェの中へ急ぐ。

「江奈さん！　皆無事か？」

開口一番、叫ぶように問いかける。ネカフェの中へ進みながら見回す。

――いたっ！

オープン席のスペースで子供達をなだめている様子の江奈と猫林檎。子供達は猫林檎を入れて、六人。

「冬蜻蛉はっ？　まだ戻ってきてない？」俺は皆の顔を見回しながら。

ポカンとこちらを見ていた猫林檎が俺の問いかけに無言で首を振る。

江奈へ当面の危機はないことを伝え、子供達のことを引き続きお願いすると、俺は飛び出すようにネカフェを出る。そのまま探索用にぷにっと達を量産しながら、俺は周囲を探し回る。

日が沈み。

どんどんとぷにっと達を作り続け。

日が昇り。

レキのもと、四方八方をしらみ潰しに探し続けるぷにっと達。

結局、冬蜻蛉が見つかることはなかった。

サイド???

「巨大な炎の柱が上がったと言うからわざわざ足を伸ばしてきてみれば。これは面白い。面白いではないかっ」と倒壊を免れた建物の上で、男が話している。

両腕だけが異常に発達したその男は癖なのだろう、首をポキポキ鳴らす。

男の話しかけた先に佇むのは一匹の黒豹(くろひょう)。しかし、その黒豹には、四対八本の脚が生えている。

当然、男の話し声に無言のまま対峙(たいじ)する黒豹。多すぎる脚を器用に折り曲げ、お座りをしている。その瞳には高い知性を思わせる輝きを宿し、話し続ける男を見つめている。

「小生の可愛い虚無鳩イーターを殺し尽くしてくれたのは、あれのようだな。片翼の人型か。見たことも聞いたこともないぞ。小生達とは別に、スキル持ちがいたというわけだなっ。これは楽しくなるぞい」

男の手には不釣り合いなほど小さな望遠鏡。通常サイズのはずのそれは、巨大な男の手の中にあると、子供用に見えてくる。それが空から降りてくる第一の喇叭ちゃんへと向けられている。

「のう、喰豹(ポーター)。お前もそう思うだろう?」男は黒豹に手を伸ばし、巨大な手で器用に喉をくすぐる。

おとなしくそれを受け入れる黒豹。ごろごろと喉を鳴らす音が響く。

「ほう、消えたぞ！　あれはなんだ。紙切れか？　面妖な。式神の類いか？　とすると、あの紙切れを拾った少女が術者か。ふむ。イドの総量は人並み。しかし、なかなか巧みなイド運用だ。あの靴が補助具か何かかの。移動の度にイドが一度あの靴を経由しておるわ」と移動を始めた冬蜻蛉を望遠鏡で眺めながら。

「なかなか見所のある若者だが、あれほどの破壊を起こした式神の術者には見えぬのー」と再び黒豹へ話しかける男。

黒豹も男の話を理解しているのか、そろりと首を縦に動かす。

「喰豹（ポーター）もそう思うじゃろ。どれ、それならちょっかいをかけてみるかの」

と、ごそごそと懐を漁る男。取り出されたのは一本の万年筆。男の巨大な手に、ちょうど収まるそれは、通常の品の何倍もの大きさだ。

「どれ、ちょうどよいから、あれにしようかの」その視線の先には一匹の蚊が飛んでいる。

男の持つ万年筆は、その巨大さにも拘わらず、そのペン先は針のように鋭い。そのペン先を男は自らの左腕に突き刺す。

切割りを通してハート穴へと吸い上げられる男の血。

自らの血を十分吸ったペン先を腕から引き抜く男。ペン先でできたはずの腕の穴があっという間に見えなくなる。

男はそのままペン先を目の前を飛ぶ蚊に突きつける。

「『ペン入れ』開始」男のその声で、ふらふらと飛んでいた蚊が、空中に固定されたかのように動かなくなる。

その蚊を中心に、まるでコマ割りされた原稿のような半透明の枠線が、空中に浮かび上がる。

枠線の中に、男は万年筆を走らせ始める。

さっきまでの饒舌が嘘のように寡黙に。

万年筆から産み出された繊細な線が、信じられない速度で枠線の中を彩る。

完成する一対の羽。元々の蚊の羽と似て非なるそれは現実ではあり得ない異形。しかしグロテスクな造形の中に美しさが感じられる。

次に描き出されるのは口吻。血を吸い、唾液を送り込むそれに、ごてごてとしたものが付け足されていく。まるでブドウのような球体が十数個も根本に描き足されていく。

あっという間に完成した二つの絵。

「『ペン入れ』完了」男のその声を合図に、枠線が消える。描き込まれた絵が、蚊に吸い込まれたかと思うと、変質が始まる。

現れたのは、羽と口吻が異形となった新しい存在。

その元々は蚊であった虫に、男が命令する。

「あれだ。やりたまえ」男がペン先を突きつけた先には、走り続ける冬蜻蛉。

異形の蚊は、銃弾のようなスピードで、飛び出す。

まるで狙撃のように。

一直線に向かう先には、冬蜻蛉の首筋。

あっという間に冬蜻蛉に近づくや、その首筋に口吻を突き刺す。

冬蜻蛉がばっと首筋を押さえる。

手のひらで潰れる異形の蚊。

しかし、その命と引き換えに、役割は果たされてしまう。冬蜻蛉が手のひらで潰したことで十二分に首へと注入された蚊の特別製の唾液。

それは冬蜻蛉に深い深い眠りをもたらす。

がくっと膝をつき、地面に伏して失神するように眠りこむ冬蜻蛉。

そこへ、黒豹に跨(また)がった男が近づいてくる。

冬蜻蛉を見下ろし、男は呟く。


「よし、無事に眠ったな。あとは主様にお目通りが叶った際に献上するだけだ。主様のエンブリオホルダーの力を受け入れられるだけの器があれば、よし。そうなれば待望の七人目となろう。万が一、器が足りなくとも、なに、死ぬだけのこと」

火の消えたように

もう、あれから三日。

この三日で産み出しまくったぷにっと達が、ネカフェから市街地への道筋をくまなく探し続けた。

瓦礫をどけ、土を掘り起こし。

しかし、いまだに手がかりの一つどころか、何も見つけるには至っていない。

俺はふらふらになりながらネカフェに帰ってくる。

挨拶もそこそこに、自分のブースへ潜り込む。いまは江奈や猫林檎と顔を合わせるのも辛い。

ネカフェに戻ってくる度に、目の当たりにする、表情。特に子供達の期待に満ちた眼差しが、さっと失望に変わるのだ。

冬蜻蛉が見つかった。

冬蜻蛉は元気にしていた。

冬蜻蛉が帰ってきた。

そういった知らせを待ちわびている子供達。

猫林檎が言い聞かせているのだろう。子供達から、そのままの質問は来ない。しかし、俺がネカフェに帰ってきた瞬間、こちらに向けられる目には、如実に朗報を待ち望む期待が宿っているのだ。

俺がそれをプレッシャーに感じているのが伝わってしまっているのだろう。最近では江奈、それに猫林檎にまで気を遣わせてしまっている。

ブースの中で、リクライニングチェアに沈みこむ俺。ネカフェの低めの天井。剝き出しのダクトをぼうっと眺め続ける。

ひたひたとした足音が近づいてくる。

――軽めの足音。足音を消す訓練を本格的に受けたわけでもないのに、それなりのレベルで実現させている所に、才能を感じさせるな。

こんこん。

扉をノックする音がブースに響く。

――子供に無様な顔を見せられんな。

俺は一度気を引き締め、笑顔を作る。ブースの中に固定された小さな鏡で、作り笑顔ができているのを確認。

扉を開ける。

「やあ、猫林檎。どうした?」

俺の様子をじっと眺める猫林檎。

「ううん、何でもねえです。アニキ、これ。めしっす」

と言ってトレイを差し出してくる猫林檎。

「……ありがとう、猫林檎」

「いえいえ、なんでもねえっすよ……。今日は、魚の缶詰を利用した特製品っす。それじゃあ、オラはこれで」と、猫林檎は挨拶もそこそこに自分のブースへ戻っていく。

色々と訊きたい質問を猫林檎が沢山抱えているのがその仕草で、俺ですらわかってしまう。しかし、そのまま立ち去る猫林檎。

俺は遠ざかる足音を聞きながら、黙々と目の前の食事を口に運ぶ。

味わうというよりは、ただ作業のように。

食べ終わると、いっそう身にのし掛かってくる疲労。

寝仕度もそこそこに、リクライニングチェアに身を委ね、うつらうつらとしていたその時だった。

カーンカーンという高い音がネカフェに響く。

それはぷにっと達が鳴らす音。

警戒を促すための音。

敵の襲来を告げる音だった。

俺は装備を摑んでネカフェを飛び出す。心のどこかで、こうなるのではないかと思っていた。敵の存在と冬蜻蛉の失踪。もし関連性があれば当然、何らかのちょっかいをかけてくるのでは、と。

ネカフェの内外で慌ただしく動き回るぷにっと達。

ウシャが、小さなお手々を振り回し、他のぷにっと達に、なにやら防衛の指示を出している様子が目にはいる。

ネカフェの周囲を囲むように建設されていた壁がいつの間にか完成している。取り付けられた門が閉まっていく。

俺はネカフェを出た所で飛行スキルを発動、まっすぐ上空へ飛び出す。

皓々とした月の光。

満月だ。

その満月の光に照らされて、無数の動物の姿がネカフェに迫りくるのが見える。

「動物？　いやモンスターか？　かなりの数だ……」

一見、普通の犬や猫にも見える敵の姿。もちろん、猫や犬が大量に仲良く行動している時点で、それは異常と言う他ない。

少なく見積もっても数百匹は居るであろう群れなのだから。

さらに犬種もバラバラに見える。ただ、不思議なのは小型犬の割合が比較的高そうなこと。

猫の方は遠目かつ夜ということもあり、細かい違いはよくわからない。ただそれでも、あの犬猫達は、まるで元々は人のペットだったかのような印象を受ける。

「ああ、そうか。首輪をしているからか」

俺が呟いたその時だった。ネカフェの周りを埋め尽くさんばかりに存在していたぷにっと達が、敵へと襲いかかる。

俺はその姿に驚き目を見開く。

俺が明確に指示したわけではなく、自発的に防衛の意思を示す、ぷにっと達。

それが、どこにこれだけの数が居たのかと思うほど。

俺がぷにっと注入スキルを覚えて以来、産み出し続けてきた莫大（ばくだい）な数の、ぷにっと。

特にここ三日は、全方位へのローラー作戦での冬蜻蛉捜索を実現するために、箍（たが）が外れたようにぷにっと注入を続けてはいた。

そのぷにっと達が犬猫の群れを飲み込まんと襲いかかっていく。

それはまるで海のように。

アスファルト製のぷにっとの青黒い色。車製のぷにっと達のカラフルな色合い。瓦礫製のぷにっと達の武骨な姿。

それが一体となって行われる、怒濤の攻勢。

個々のぷにっと達の戦闘スキルは皆無だ。武器すらまともに持てない。

動きも速くない。

しかし、それでも。ぷにっと達の唯一にして絶対の強みである物量。ただ、それだけで戦線は拮抗（きっこう）しているように見える。

一匹の犬型の敵は、ぷにっとと接触する際に、その耳から触手のようなものを伸ばし、ぷにっとを薙ぎ払う。一薙ぎで十数匹のぷにっとが吹き飛びバラバラになる。

しかしその吹き飛んだぷにっとの背後には数十匹のぷにっとが控えている。

薙ぎ払い。吹き飛ぶ、ぷにっと。

また、薙ぎ払い。吹き飛ぶ、ぷにっと。

またまた、薙ぎ払い。吹き飛ぶ、ぷにっと。

どんどんと、バラバラになるぷにっと達。積み重なる残骸。

俺は思わず、救援に駆けつけようとする自分を何とか戒める。いまはまだ力を温存すべきという直感。無数に存在している戦闘、一つ一つすべてに介入することは不可能だという理性の囁き。

その間にも、戦闘が進むにつれ、犬の薙ぎ払いの速度は、疲労からか次第に落ちていく。その触手を生やした犬へと、ぷにっとが迫る。

そしてついに一体のぷにっとが、犬の体へと手をかける。そこからはあっという間だった。

次々に取り付くぷにっとで、犬の体が埋まる。

自らの自重を以ってして、ぷにっとが犬を押し潰す。


ぷちっと。

小山のように積み重なったぷにっと達の下から、圧し殺された犬の体液が大地へと流れ出す。

そこかしこで、ぷにっとによる小山が出来上がっていく。

そして小山の下から流れ出る体液。

舌が機銃のように変形する猫も。

体毛が毒でヌメヌメと光っている犬も。

その周りでは無数のぷにっと達の残骸を築きつつ。結局は数の暴力で押しきられていく。

「朽木っ！」俺を呼ぶ声。下を向くと、江奈だ。二丁の魔法銃を構え、ネカフェを囲む壁の上に立つ江奈。

七色の光を撃ち出し、ぷにっと達へ援護射撃をしている。

俺は急ぎ降下し合流する。

「戦況は？」

「拮抗しつつ、やや優勢。ぷにっと達の犠牲が大きい」

「ああ」一度目をつむり、再び開いた江奈。その瞳は強い光を放っている。

――可愛いもの好きで、普段からぷにっと達に積極的に絡んでいっているもんな、江奈。

俺は申し訳ない気持ちになる。

現状、ぷにっと達の犠牲なくして、子供達と江奈の命を守れないこと。

そして、この犠牲が自分達を守るためと、江奈が理解してしまっていることに対して。

自主的に自らの命を捧げてくれているぷにっと達に、せめてもの感謝を胸に刻み込む。

「朽木、あれっ。均衡が破れる」江奈のその言葉に、はっと我にかえる。

江奈の魔法拳銃の指す先。

そこには群がるぷにっと達を粉塵のようにはね飛ばしながらこちらに一直線に向かってくる一つの影があった。

迫りくるは

月明かりの中、巻き上がる砂ぼこりで、その姿は明確にはわからない。

辛うじて二足歩行なのは、何となく見てとれる。

——これまで動物系ばかりだったのに、ついに人型が出てきたか。それにしても弾き飛ばされている、ぷにっと達の挙動が変だ。まるで重力が……

ちょうど雲が月にかかる。そこでハッとする。このままだと、あの敵はネカフェまで確実にくるだろう。

「江奈さんは、子供達の所へ！」

一緒になって新たに出現した敵を睨んでいた江奈は、無言で頷く。二丁魔法拳銃をホルスターにしまい、地面へ降りる梯子に足をかける。

「朽木、負けないでよっ」と、江奈が梯子を降りながら。

「ああ、任せて。冬蜻蛉の手がかりも、必ず」と、今回の襲撃には冬蜻蛉の失踪が関係していると確信して。俺は近づく敵の姿を睨みながら言った。

雲から月が現れる。

ネカフェの外壁、もう目の前まで迫った敵。

急停止し、いっそう激しく砂ぼこりが舞う。

「ぷにっと達、ストップ！」俺はぷにっと達に制止を叫ぶ。

砂ぼこりが晴れ、月明かりの下、現れたのは二足歩行の猫だった。その足には真っ黒な革靴。

「やっぱり。それは冬蜻蛉にあげたGの革靴。……革靴を履いた猫？」

「お前が朽木とかいう魔法使いかにゃ？」と、革靴を履いた猫が人の言葉を話す。

「確かに俺は朽木だが、職業は冒険者だっ！」と俺は壁の上から叫び返す。猫に魔法使い呼ばわりされる謂れはないと、思わず声をあげてしまう。そもそも、まだ二十代だ。

「そうかにゃ。まあ、どっちでもいいにゃ。それよりも我のあるじさまからの伝言だにゃ。少女は無事に保護している。仲間になる気があるなら歓迎するにゃ、とのことだにゃ」と革靴を履いた猫は、誰かの声真似風に話す。

——いきなり手がかりきたぞっ！　無事に保護されている、か。言葉通りには信じられないが……。それに、普通に考えたらこいつも、そのあるじさまって奴も、白蜘蛛って奴の仲間だよな。

「お前が履いている、その革靴！　それは冬蜻蛉の物だろう！　似合ってないぞ」と俺は確証が欲しくて煽りぎみに訊いてみる。

「うるさいにゃ。捕虜から武装解除するのは当たり前にゃ。冬蜻蛉とかいう少女がどうなるかも、お前の返答次第なのを理解しているのかにゃ？」

——結局、脅迫か。白蜘蛛のやっていたと思われることから考えても、こいつらも同類だろう。

「そんな脅迫されて、俺が仲間になると本当に思っているのか？」と思わず素直に疑問に思ったことを訊いてしまう。

「我は別にどっちでもいいにゃ。あるじさまは白蜘蛛を倒した実力を買っているらしいけどにゃ。断るなら殺して装備品を奪うだけにゃ」と爪を出し入れしながら応える革靴を履いた猫。

――白蜘蛛を殺したことを知られているのか。この革靴を履いた猫は本当にどっちでもいいと思ってそうだ。さて、どうする。こいつ自身は好戦的っぽいが、あるじさまとやらの言い付けは守るんだろう。仲間になるふりだけでもしてみるか？　その方が冬蜻蛉にたどりつくのは早そうだが……

「ちなみに俺がお前達の仲間になったとしてだ。俺にも仲間がいるんだが、その安全も保障してくれるんだよな？」

「いんにゃ。仲間になれるのは朽木と冬蜻蛉だけにゃ」と応える猫。

――ああ、こいつ、ダメだ。

俺はそこで気がつく。目の前の相手が、たとえ人のように二本の足で立ち。人のように言葉を話すとしても。

決して相容(あいい)れない存在であるということに。

その見た目ではない。心が、化け物なのだということに。

俺は壁から飛び降りる。途中で飛行スキルを発動。勢いを殺し革靴を履いた猫の前に降り立つ。

「俺の返答は、こうだ、猫」と抜き放ったホッパーソードを革靴を履いた猫の鼻先に突き付ける。

「おとなしくその革靴を返して冬蜻蛉の居場所を言えばよし。さもなくば、力ずくだ」

にゃーと嗤う、猫。

「やってみるといいにゃ。魔・法・使・い」

「俺は、冒険者だっ！」と、踏み込みざま、ホッパーソードを振るう。

頭を後ろに傾けるだけで、その俺の斬撃をかわす革靴を履いた猫。右手から伸ばした爪を振り上げるようにして俺の顔を狙ってくる。

俺は発動したままの飛行スキルで真上に飛び上がる。

追撃とばかりに、ジャンプし迫る革靴を履いた猫。

——速いっ！　重力軽減しているのかっ。かわしきれない。

俺はとっさに身を捻る。空中で振るわれた猫の爪。一撃目はかわすも、二撃目がざっくりと俺のふくらはぎを抉る。

足を走る灼熱。加速された知覚の中で、はやくも傷が熱を持ち始める。

捻った体の勢いのまま、薙ぎ払うようにカニさんミトンから酸の泡を発射する。革靴を履いた猫はまるで体が液体でできているかのように、するりと泡と泡の隙間をすり抜ける。

わずかに体毛の一部を溶かすことには、成功する。

互いに一度、距離を取る。

乱れた体毛を毛繕いする猫。俺も傷をイド生体変化で塞ぐ。

「ぺっ。苦くて勘弁にゃ」

「じゃあ、降参すればいいだろ」と俺は話しながら不意打ちを狙い、酸の泡を発射。

またしてもするりとかわされる。

「一度見れば、そんなの当たるわけないにゃ」と自慢げな革靴を履いた猫。

――回避能力が高いっ。接近戦は向こうに分がある。それでも、斬るしかないよな。

そのまま地を這うように駆けて近づいてくる猫。俺は半身になるように構える。

動きを止めたら、そのままやられてしまうという予感。俺は構えた姿勢から、自らも革靴を履いた猫に向かって駆ける。

――接触して互いに重力加重操作は分が悪い。俺の方が体重があるっぽいしな。ワンチャン、相手が重力加重使えない可能性はあるが。手数も負ける。そうすると俺の唯一の利点は、武器の間合いの広さぐらいか。当然、革靴を履いた猫もそれは把握しているだろう。だとすると……

一瞬の間に、目先の方針を思考する。そして、ホッパーソードを突き刺せるように右腕を畳み込んだ構えに変え、突進。

革靴を履いた猫もスピードをあげて近づいてくる。

互いの距離が、ホッパーソードの間合いに入った瞬間。俺はホッパーソードを突きだす。

狙いは猫の喉。

上体をずらし、革靴を履いた猫はぬらりと俺の刺突をかわす。

革靴を履いた猫の髭(ひげ)を掠める、剣先。

にやっと嗤う猫。俺の伸びた腕を猫の爪が襲う。

俺は全力で、背後への飛行スキルを発動。

しかし、間に合わない。猫の両手の爪が俺の右腕を捉える。

飛び散る肉片と、骨。

十本の爪でなます切りにされた右腕。

俺の右手は切断され、ホッパーソードを握ったまま、くるくると飛んでいってしまう。

「っっっうぅぅぅ――」歯をくいしばった隙間から漏れる悲鳴。激痛で折れそうになる気持ち。

その一瞬で、脳裏を巡ったのは、情景。

冬蜻蛉や猫林檎、子供達の食事の楽しげな姿。

江奈の怒った顔。

俺は渾身（こんしん）の気合いで、左手に隠し持っていたもう一振りのホッパーソードを振るう。半身に構えた時に、体の陰でこっそり抜き放っていたのだ。

狙うは、俺の右手をなます切りにした猫の手。

――取ったっ！

猫の両手を、まとめて切り飛ばす。

刃もきれいにたっていない力任せの一撃目。千切れるように飛んでいく猫の手。その衝撃でよろめいた猫の体に追撃の蹴りを放つ。

蹴りの衝撃で飛んでいく猫の体。その先には無数のぷにっと達。

「押さえて、武装解除ーっ。殺すなよ！」と声も絶え絶えに俺は叫ぶ。

俺の声に反応して、ぷにっと達がどんどんと革靴を履いた猫へ取り付き、踏みつけ、その体に登っていく。

あっという間に猫の両足から外される、Ｇの革靴。そのままぷにっと達は、革靴を脱がされた猫をどこかへと連れていく。

俺はそれだけ見届けると、どばどばと血が垂れていた傷へ、イド生体変化で仮の止血を施す。

変わらぬ死ぬほどの痛み。

しかし、切り飛ばされた右手と、ホッパーソードを地面から拾ってきた。

なます切りにされ、細かくなりすぎた肉と骨は大部分が上腕。俺は何とか腕をくっつけようとイド・エキスカベータを限界を超えて作動。大量のイドを取り込み始めた。

治療

切られた右手をくっつけるという荒業を終え、俺は周囲を見回す。

どうやら敵の襲撃は退けられたようだ。

そこかしこに築かれた、小山。ぷにっと達が敵を押し潰した時にできたもの。当然、下の方にいたぷにっと達自身も、圧力に耐えられず。そのままバラバラになって小山の一部となっている。

俺はその場で目を瞑り、気休めにしかならないが黙禱(もくとう)だけ、捧げる。

ただただ、一心に。真剣に。感謝と、その小山の連なる景色を心に焼き付けるように。

そして、捕まえた革靴を履いていた猫の元へ急ぐ。


残っていたぷにっとに案内され、進む。ついた場所に居たのは、どこから拾ってきたのか鎖でぐるぐる巻きにされ、柱にくくりつけられた猫の姿だった。周りには沢山のぷにっと達。

猫の顔色はよくわからないが、その瞳にはいまだ強い輝きを宿している。

特に俺が切り飛ばした両手は念入りに縛られている。どうやら止血も兼ねているようだ。しかし、相変わらず出血が続いている。

――このままじゃあ話を聞く前に出血死してしまいそうだな。

俺はそこで、初めてのことを試してみる。先ほどイド生体変化を使うためにカニさんミトンを外した左手でぐったりしている猫の頭を摑む。

俺はイド生体変化を、猫に対して発動する。

俺のイドが猫の体の表面を流れる。

強い抵抗感。

本能的に、このままでは無理だということがわかる。

かつて、元の世界のダンジョンの外でスキルを使用しようとした時に感じた抵抗に似ている。その何倍もの抵抗、というだけで。

そのまま俺のイド生体変化は不発で終わる。猫の体の表面で留まっていた俺のイドが四散していくのが、見える。

俺はダメ元で、じっとこちらを見ている猫に話しかけてみる。

「止血をするから、力を抜いてもらえるかな？」

「お断りにゃ。このまま死なせてもらうにゃ」と猫。

「ふむ……。なあ、俺が訊きたいのは、冬蛸蛉とお前の主とやらがどこにいるか、なんだが」

「…………」無言の猫。

「もともと、俺を連れてこいって命令されてたんだろう？」

「……そうにゃ」と猫。

「で、俺はいま、自分から出向いてやるって言っているんだ。そこはいいか？」

「だからなんにゃ？」

「ほら、このままお前が死んだら、お前の主とやらはどうするんだ？　お前の敵討ちをするために俺を殺しにくるか？　それとも別の奴を使いに出すのか？」

「………………」

「それだったら俺に、お前の主の居場所を言っても大差ないだろ？　そしたら俺は自分からそこへ行くんだから」

「いや、騙されないにゃ。それじゃあ裏切ることになるにゃ」と猫。

この会話中、俺はこっそりイド生体変化をかけていた。時たま、ガードが緩んで俺のイドが入り込めそうだったのだが、結局失敗。ただ、どうやらこのイド生体変化は受ける側の意志が関係しているっぽいことは間違いない。

猫の止まらぬ出血に時間がないことを理解しつつ、俺はどうしたものかと途方にくれる。

「朽木、終わったようね」と、背後から江奈の声。

「江奈さん！　ああ、とりあえず襲撃は退けたよ。子供達は？」

「皆、無事よ。朽木、その手、無茶したでしょ」と俺の右手を見ながら。

――なぜばれたっ⁉　修復は完璧……。あ、袖か。

俺は右手を体の後ろに隠しながら目を逸らす。

「はぁー。で、それが今回の襲撃の？」とため息だけつき、猫を見ながら。いまはお説教はないらしい。多分時間が無いことも、その観察眼で読み取ったのだろう。

ほっと胸を撫で下ろしつつ答える。

「ああ。冬蜻蛉にあげたGの革靴を装備していた。ただ、冬蜻蛉の居場所は聞き出せていない」

「治療しようとしてたみたいだけど、うまくいかなかったの？」と江奈。

「ああ。俺のスキル、どうも抵抗する意志があるとダメみたいなんだ」

「……任せてもらえる？」と何か考え込んだ様子の後で、江奈が呟く。まるで何かに耳を傾けているかのような様子を見せる。

「え、いいけど？」と猫の前から横へと退きながら。

江奈は目をつむり、じっと立っていたかと思うと、ゆっくりと両手を掲げる。その手に、蒼色のイドがうっすらと現れる。

ちらりと見えた右足のアザも蒼色を帯びている。

それは江奈が得たアクアの力。強力で、しかし使うと体への負担も大きいはずのそれ。

俺は思わず制止しようとしてしまう。前に江奈が俺を助けるために振るったその力で、しばらく寝込んでしまっていたのを見ていたから。

しかし、俺の制止の声は喉で止まってしまった。江奈の目を開けた横顔。その瞳にあるのは、多分、後悔と怒りの色。

それを見てしまって、俺がすべきは、止めることではなくその後の全力フォローだと、自分に言い聞かせる。

前に振るわれたアクアの蒼色のイドは、絶大な暴力となってゴブリン達を殲滅するものだった。

しかし、今回は様子が違う。

掲げられた江奈の両手はまるで手のひらで水を掬うかのよう。

実際に、手のひらの上に蒼色のイドがたまっていく。

たまったイドがぽやんっと手から分離すると、球体を形作る。すぐにお饅頭(まんじゅう)のような、スライムのような形へ。

江奈が手を掲げたまま、一歩前に踏み出す。手の上の蒼色のイドでできたスライムが、移動して猫の顔にぺちゃっと張り付く。

猫の瞳に、初めて浮かぶ恐怖。

何か言いかけ、口を開くも、声にならない。

その間にも猫の顔に張り付いた蒼色のイドのスライムは移動していく。

猫の左耳にたどりつき、そのまますするりとその中へと。

その時だった。白目をむき、ガクガクと震えだす猫。

「いまなら大丈夫のはず。治せたら手も繋げてあげて」と江奈。その瞳は蒼色のまま。

「手?」と呟く俺。横を見ると、なぜか俺が切り飛ばした猫の手を、ぷにっと達が持ってきている。

そのまま、猫の鎖をほどき始めるぷにっと達。後ろ向きに倒れこんだ猫を支え、腕に切り離された猫の手を添えると、さあどうぞとばかりにこちらを見てくる。

俺は腑(ふ)に落ちないものを感じながらも、再びイド生体変化を発動する。

――あっ！　イドが通る。

猫の表面で抵抗されていた先ほどまでとはうってかわって、イドが猫の中へとするすると進んでいく。

――これはアクアのイドで、通路のようなものがこじ開けられている？

まるでトンネルのようなものが形成されているのを感じる。それを通して、俺のイドはついに容易く猫の中心へと至る。

不思議な感覚。自分とは全く異なる存在なのに、まるで自分自身のように、その詳細が感じ取れてしまう。

そこで特に目立つ違和感へとイドを伸ばす。

俺の切り取った猫の手が、切り取られた腕が、それぞれ感じられる。

あとはいつもの通り。

何度も自分の怪我を治したように、イドを変性させ、手と腕を繋いでいく。

神経を。骨を。筋肉を。血管を。エトセトラエトセトラ……。

集中し、つむっていた目を開ける。

そこには完全に手が治った猫の姿。

「江奈さん、こっちは終わった」と蒼色のイドを放出し続けている江奈に急ぎ声をかける。

「こちらも。憑依(ひょうい)完了、よ」と江奈の声に、改めて俺は猫へ、目を向ける。

――憑依？　確かに猫の中にアクアのスライムらしきものが見える……
何をしたのか訊こうと、振り返る俺。
江奈の冷や汗がすごい。
俺は急ぎその肩に手をかける。
ふらっとよろめく江奈をそのまま支える。
「江奈さんっ！」俺は再び江奈を横抱きにして、こっそり重力軽減操作。
ネカフェへと急ぎ駆け込んだ。

いざ出発

「それで、まずは名前を教えてくれ」と、俺は江奈をネカフェのブースに運んだ後、戻って猫に問いかけていた。

ぷにっと達とおとなしく待っていた様子。瓦礫にちょこんと腰かけた猫。俺は最初、猫が意識を取り戻していたので、思わずホッパーソードを構えてしまった。しかし、それでも腰かけたままの猫を、よくよく観察してみる。すると、俺の漆黒に染まった瞳には猫の中で二つのイドが渦巻いているのが見えた。どうやら襲ってこなそうな雰囲気に、俺は改めて質問をしてみることにしたのだ。

「銀斑猫(ワイズ)は銀斑猫(ワイズ)にゃ」と答える銀斑猫(ワイズ)。そこには、それまでの敵意等は一切感じられない。

それよりも気になるのはそのしゃべり方。語尾は元のままだが、そこはかとなく、アクアのような印象を受ける話し方。

――江奈は一体、何をしたんだろう……。

「銀斑猫(ワイズ)、お前の主とやらのことを教えてくれ」

こてんと首をかしげる銀斑猫(ワイズ)。

「銀斑猫(ワイズ)には、いまは主はいないにゃ」

「お、おう。そうか。……じゃあ、前の主のことを」

「わかったにゃ。名前は百紫芋」

ヒャクシウ？　と音だけ聞いてもさっぱりと言った顔の俺に、銀斑猫（ワイズ）がよいしょっと腰かけていた瓦礫から降りる。

ぷにっと達がその一挙一動を注視している。

そんなことを気にもとめず、銀斑猫（ワイズ）は繋がったばかりの手で、土が露出している地面に爪で何か書き出す。

「字はこうにゃ」

と、わざわざ地面に書いた文字を見せてくる。

——見覚えありそうな……。いや、思い出せないな。

「それでその百紫芋はどこにいる？　そこに冬蜻蛉もいるのか？」

「百紫芋は動物がいっぱい住んでる所にいるにゃ。銀斑猫（ワイズ）が見た時はその名前の少女もいたにゃ」

——よしっ！　完璧な手がかり！

「そこはどこにある？」と勢い込んで訊く俺。

しかし、返ってきた答えはよくわからないものだった。右いって左いってという曖昧な説明が続くのだ。聞いていてすっかり混乱してしまった俺は理解するのを諦める。

「ストップストップ！」二度目の説明に入りそうな銀斑猫（ワイズ）を制止する。

「それじゃあ俺をそこに案内できるか？」

「できるにゃ」と簡単に答える銀斑猫（ワイズ）。

俺は、その返事にすぐさま向かうことを決断する。

――時間が経てば警戒されるだろうし、冬蜻蛉の安全も心配だ。

「よしっ。少し待っててくれ」と俺は急ぎ準備を整え、猫林檎に事情を伝えると、銀斑猫（ワイズ）とともにネカフェを出発した。


俺は銀斑猫（ワイズ）を抱え、空を行く。

ホームセンターの燃え跡を過ぎ、かつて市街地だった荒野も眼下を過ぎる。

――こうやって改めて見ると、俺ってこの世界に来てからろくなことしてない気がしてきた。

時たま地上を漁るぷにっと達の集団を見かける。手を振ってくる彼らに手を振り返しながら飛び続ける。

先の襲撃で大きくその数を減らしてしまったが、それでもまだまだ沢山のぷにっと達が活動を続けている。

「そろそろ左に曲がるにゃ」と銀斑猫（ワイズ）。

物思いに耽ってしまっていた俺は指示通り左方向に進路を変更する。

荒野だった元市街地を抜け、また眼下には畑と、国道らしきものが。住居らしき建物は点在する程度。国道の沿線に軽く飲食店らしきものが並ぶ。

俺達のネカフェの周囲と似た感じの雰囲気だ。

「見えてきたにゃ」と前方の丘を指差す銀斑猫（ワイズ）。

――あれは大きな公園のような……。いや、動物園かっ！

地方の土地が比較的安い中で作られたのだろう。空から見ても広大な敷地面積のそれは、所々に檻（おり）のようなものが見える。丘に作られた巨大な動物園だった。

「そろそろ降りた方がいいな。空を飛ぶやつもいるにゃ」と銀斑猫（ワイズ）の忠告。

俺は、ずいぶんと協力的だなと、改めて江奈が銀斑猫（ワイズ）に施したことの効果に感嘆しながら、言われるがままに地上へ降りる。

場所はコンビニの駐車場。このまま道をまっすぐいって、左折すると目的地の動物園だ。

空から見た限りだと、敵らしき姿は見えない。

俺がこのまま下の道を行くか、それとも飛ぶ敵とやらをかいくぐって、一気に空から強襲するか悩む。

「それじゃあ銀斑猫（ワイズ）は失礼するにゃ」と立ち去ろうとする猫。

「えっ、ちょっと！」思わずその背に手を伸ばすが、ひらりとかわされる。

「ちゃんとここまで案内したにゃ。あとは自由に生きさせてもらうにゃ」と猫。

俺は改めて銀斑猫（ワイズ）のイドをよく見てみる。

――蒼色のイドが同化している？　えっ、どういうこと？

ポカンとしている俺を尻目に、猫特有の身を隠すことの巧みさであっという間に姿が見えなくなる銀斑猫（ワイズ）。

いまだに、いま起きたことが受け入れられない俺。そこでようやく、気がつく。再び俺達を裏切って、元の主に俺のことを告げに行った可能性があると。

――わからん。本当に自由を求めてどこかへ去っていったのか。それとも……。いや、いま一番大事なのは、それで、俺がどうするかだ。強襲をかけるのはこれで難しくなったと考えていい。Gの革靴を取り上げて、いくら重力軽減操作を使えないとはいえ、もともとかなり素早い。俺が急いでも、応戦準備はじきに整ってしまうだろう。それなら……

俺は持ってきていた装備品を荷物から取り出した。この前、鳩から現れた新装備を。

くるっくるぼー

荷物から取り出したのは、鳩の形をした手のひら二つ程度の大きさの物体。色は真っ白。有名な鳩のサブレを二まわり大きくしたぐらいの形。

手にいれてから、武器枠の物だということと、装備品名とスキルの名前しか見ていない。何せ、色々ありすぎて、時間が取れなかったのだ。本当に色々とあったなと、ため息が出るくらい。

気を取り直して、装備品を見ていく。名前は、『くるっくるぼー』。

俺は、ホッパーソードをしまい、くるっくるぼーを装備する。

「えっと、武器なのはいいけど、どうやってこれで戦うんだ？」

でかい鳩のサブレにしか見えない形状。鈍器にしては軽い。

――ぼーって、弓とかそういう感じだよな？

俺は試しに右手でサブレのしっぽ部分を握り、まっすぐ前に突き出してみる。

「おっ、これが正解？」

俺のその動きに合わせ、くるっくるぼーがガチャガチャと音をたてその両翼を広げる。さらに嘴（くちばし）を広げた状態に。

さらにしっぽの部分の上が分離してクロスボウの巻き取り機みたいな物が生えてくる。

「これ、回すのか？」と、俺はカニさんミトンをはめた左手で少し苦労しながら巻き取り機を回し始める。

くるくる、くるくる。

しばらく回しているとくるっくるぼーから、クルッポーという鳴き声が響く。さらにしっぽの部分がカチャカチャと変形、一部が広がるようにして、トリガーが現れる。

――なんか音したぞっ。鳩の鳴き声？　それにトリガーが現れた。準備完了ってことだよな？

俺は近くのコンビニにくるっくるぼーを向け、トリガーを握りこむ。

くるっくるぼーが激しく白く光ったかと思うと、鳩の形をしたイドが、くるっくるぼーから射出された。

「うぉっ」

その光に思わずびっくりした俺は、くるっくるぼーを握った右手を上にあげてしまう。

その動きに合わせたかのように、前に飛んでいた鳩型のイドが上空へと、軌道を変える。

そのまま上昇を続ける鳩型のイド。

「びっくりしたっ。これ、もしかして撃ち出したイドを操れるのか？」

俺は試しにくるっくるぼーを下に向けてみる。

鳩型のイドが今度は下へ向きを変える。

そのまま色々と試して、何となく操り方を把握した所で、最初に狙ったコンビニに鳩型のイドを当ててみる。

鳩型のイドがコンビニに触れた瞬間。

静寂。

「……何も起きない？　飛んでた鳩型のイドも消えた？」

俺は鳩型のイドが当たったはずのコンビニの屋根を確認しようと飛行スキルを発動する。

屋根の上まで上昇した俺の目に飛び込んできたのは、一羽の鳩。

本物の鳩が、コンビニの屋根にとまっている。

俺の姿を見て、どこぞへと飛び去っていく鳩。

そして、コンビニの屋根には鳩一羽の形の穴があいていた。

「え、これって、さっきの鳩に？　もしかして鳩型のイドが当たった部分が一羽の鳩に変わるだけのスキルなの？」

俺は改めてステータスを確認。

装備品のくるっくるぼーの欄にはスキル名として、ただ『ダヴ』と書かれている。

「いや、確かに鳩だけどさ。ビジョンじゃなかったから、なんか手品的な物かと期待したよ。はぁ。俺が間違ってたのか。……さて、これからどうしよう」と俺は丘の上に見える動物園を遠目に、空に浮かびながら頭を抱えるのであった。

俺は結局、拙速に敵地に突っ込むより、少しでも準備をしておこうとコンビニに立ち寄ることにした。

コンビニの中は動物に荒らされたようで、食べ物系はほとんど残っていない。

天井から光が差し込む。俺があけた鳩型の穴が、床に鳩のマークを作り出す。

銀斑猫（ワイズ）が百紫芋とかいう敵の親玉に告げ口をして、何かが襲ってくるのではと、しばらく警戒続行。その警戒がてら、準備を進める。

日の傾きで、床にできた鳩のマークが歪（ゆが）んできたぐらいで、今一度外を確認。特に敵らしき姿は見えない。

――銀斑猫（ワイズ）は本当に自由を求めて立ち去っただけなのかな？　襲撃があるとしたらさすがにもう来てもいいだろうし。

俺はとりあえずの安全を確認すると、腹ごしらえするかと、ネカフェから持ってきた乾パンの缶を開ける。そのままバリバリと食べていく。集めてくれたぷにっと達に感謝を捧げながら。

そして、もったいぶって取り出したるは、これ。

とっておきに確保しておいた缶コーヒー。今時珍しいプルタブを開ける。

アルミが引き切れる音。

まずはその香りを楽しむ。

年代物のコーヒーだが賞味期限はギリギリオーケー。

香りも十分する。

乾パンを食べてボサボサになった喉へと、コーヒーを一気に流し込む。

「ふー」いつぶりかのカフェインが、体に染みる。

少ない缶コーヒーの中身を十二分に楽しんだ後、片付け始める。

もう誰も回収はしていないだろうが、ごみをそのままにしておくのも気がひけたので、コンビニの外に備え付けられたゴミ箱に分別して捨てる。

俺は最後に指折り、準備したことを確認すると、敵が居るであろう動物園に向かって歩き始めた。

「冬蜻蛉、待ってろよ」と呟きをコンビニに残し。

空から見た時よりも、距離がある。それでも夕方になるより前には無事に動物園の門の前に到着する。

そこは駐車場が併設された入園ゲート。右手にはもう動いていないチケットの発券売り場がある。

入園ゲート自体は本格派の動物園なのだろう。サバンナかジャングルかどちらがモチーフかはよくわからないが植物や動物のデフォルメされた物がお洒落(しゃれ)に飾られている。

俺は何となくアニメっぽい動物のキャラクターに彩られたような子供向けの場所を想像していた。

ゆっくりと俺は入園ゲートへと近づいていく。なぜゆっくりかというと、入園ゲートの左右に、居るのだ。門番なのだろう、二匹の動物が。

一匹はゾウ。しかし、普通のゾウとは大きく異なる。

小さいのだ。
俺とそう背が変わらないぐらいの大きさ。
しかし子ゾウではないのはわかる。立派な牙が生えていた。なんと三対も。
もう一匹はキリン。
こちらは普通に大きい。
ただ、首が二本ある。
そんな二匹はゆっくりと近づいていく俺を、じっと見ていた。

門

「人間、そこ、立ち止まる」と、三対の牙を持つゾウ。

俺は言われたまま立ち止まる。相手がしゃべれること、そしていきなり襲ってこず、声をかけてきたことを考慮して。

「「何か用ですか?」」と今度は双頭のキリン。こちらは二つの頭で同時にしゃべるせいか、声がハモって聞こえる。

「俺は朽木竜胆っ! 冒険者だ。ここの主に話があってきた」

俺は戦闘になる可能性が高いと最初から思っていたので、強気に答える。

江奈に処置される前の銀斑猫(ワイズ)の例を見ても、こちらの道理や倫理観が通じる相手とは思いがたい。

それでも万が一戦闘を回避できたら儲(もう)け物と、会話を続ける。

「百紫芋様に?」「「ねぇ、象右頭(ぞうづ)。何か聞いてる」」「いや。左麒麟(さきり)」「「私もよ」」「こいつ、殺すか」

ぺちゃぺちゃと会話をかわすゾウとキリン。なかなか雲行きは怪しい。

このまま戦闘になるかなと、身構えながら、一応もう一声かけてみることにする。

「ここに、冬蜻蛉という名前の人間がいるはず。俺は彼女の保護者だ」

「保護者、なんだそれ」「「守護しているってことよ。私達が門を守護しているみたいに」」「そうか。それで？」「「確かに人間が一人いるわねー」」「いたか？」「「象右頭も、百紫芋様から襲わないように言われたじゃない」」「こいつ、襲わない、いい？」「「そうねー？」」

と双頭をそれぞれ左右に開くようにして、首をかしげるキリン。

俺はもしかして、このまま押しきれそうかと言葉を重ねる。

「俺はその百紫芋様がお客扱いしている冬蜻蛉の、さらに客ってことになるっ！　門を通してもらっていいか？」

「客？」「「お客様？」」と顔を見合わせるゾウとキリン。

「客、ここ、通る」「「そうね。お客様ならお通ししなくちゃ」」

と言って門の前を開けるように左右に分かれるゾウとキリン。

――えっ、これで本当にいいの？　ちょろくないか。

俺はそんなことを思いながらゆっくりとゾウとキリンの間に足を進める。

そして気がつく。いま左右から攻撃されるとなかなかにピンチだと。

動物園のゲートの前。冷や汗がたらりと背中を伝う。

しかし、俺の心配は杞憂だったのか。ゾウもキリンもこちらを見つめるだけで襲ってこない。

そのまま、ゲートを抜ける。ちらっと後ろを振り向く。

ゾウもキリンももう俺には興味ないと言った風に前を向き、動物園の門の守護に戻っている。

俺はこっそりと胸を撫で下ろすとゾウ達の気が変わらぬうちにと、足早にゲートを離れた。

ゲートを抜けると、そこは野生の王国だった。

二足歩行の小動物が歩き回り、開け放たれた檻を自由に動物達が出入りしている。

二足歩行も、四足歩行も、それ以上の足で歩く動物達もいる。

「ちょっと！　足邪魔よ。どけてちょうだいっ」足元から甲高い声。

「あっ、ごめんなさい」俺は思わず足をどける。下を見るとミーアキャットの一団が通りすぎていく所だった。

よく見るとその背中に、人の口がついている。

その背中の口でペチャクチャと互いにおしゃべりをしている。どうやら先頭のミーアキャットが俺に声をかけてきたようだ。そのまましゃべりながら立ち去っていくミーアキャット達。

ぽかんとそれを見送る俺。

「ホッホッ。朽木竜胆殿ですかな」再び声をかけられる。今度は名前も呼ばれて。俺は警戒ぎみに振り向く。

そこにいたのは、亀とウサギが交じり合ったような生き物だった。

上半身が亀。下半身がウサギのその謎生物が、俺の返事を待っている。

「そうですが、そちらは？」俺は、丁寧な呼び掛けに、とりあえず敬語で返しておく。たとえ敵だとしても。

「これは失礼しました。兎兎亀(うさぎとかめ)とお呼びください」

「え……。はい」と、あまりにもそのまんまの名前に、戸惑う。

そんな俺の反応を気にした風もなく、兎兎亀が話し続ける。

「象右頭から連絡があった時は驚きました。よくぞいらしてくださいました。我が主の元まで、この兎兎亀が案内いたしますね」

と言って俺に背を向け歩き出す兎兎亀。

——連絡？　そんな素振りは全くなかったが……。何か特殊な能力か何かかな。まあ、すんなり通れたけど、あのゾウとキリンはちゃんと門番としての仕事をしてたってわけか。しかも俺が門を通ってほぼ即時のこの対応。

俺はその甲羅に覆われた背を見て迷う。

——素直についていくか、否か。悩み所だな。この対応だと、銀斑猫が俺達のことを伝えているのかどうか。まだよくわからない。ただまあ、ここが敵地なのは最初からわかりきっていることだしな。一番警戒すべきは罠がある可能性、か。

俺はここで兎兎亀を攻撃するリスクを考える。周りの動物達はいまは襲ってこないとはいえ、潜在的には敵ばかりなわけで。それなら行ける所まで行ってしまうのもありか。

そう考えて素直についていくことにする。

俺が覚悟を決めて一歩踏み出した時だった。兎兎亀が背中を向けたまま話しかけてくる。

「ホッホッ。それが賢明ですな」と、まるで俺が攻撃するか検討していたのが、ばれているかのように。

「我が主は強者には寛大なのですよ」と脈絡もなくそんなことを言い始める兎兎亀。

「……つまり？」と俺はホッパーソードに手をかけながら応える。

「なに、戦闘に関しましては十二分に証を立てられてます。ただ、この兎兎亀もただ案内するわけにもいきませんで。それでどうかこの老いぼれにも、一つその力を見せていただきたく思いましてな」

「もし、断ったら？」

「ホッホッ。残念ながらすでに始まってましてな。お断りいただくのはちと難しいかと。もちろん、この状況から脱してみせてくださっても、合格とさせていただきますよ」

俺はその言葉に、最大限の警戒をしながら辺りを見回す。

――状況から脱してみせろ？　いつの間にか何かの罠にかかってしまったか？

辺りを見回した俺は驚く。あれほどいた動物達の姿がない。それどころか、気がつけば動物園内とは似ても似つかない、山の中にいた。

「ホッホッ。さてさて、それでは始めましょうか」と、姿が見えなくなっている兎兎亀の声だけが辺りに響いて消えていった。

兎兎亀

「ちょっ、これはどういうことだっ？」思わず漏れる独り言。

右も左も木ばかり。生い茂った木の隙間から見えるあれは、どこぞの山の頂だろうか。

山頂には目印とばかりに一本の木がはえている。

――まるで、兎と亀の童話の追いかけっこの舞台みたいじゃないか。いくらなんでも、まさかね。

俺はいくらなんでもそんな駄洒落みたいな状況ではあるまいと、今一度辺りを見回す。

――うーん。見れば見るほど駄洒落説、否めない。まてまて。まず考えるべきはここへの移動方法だろう。この舞台に、俺は転送させられたのか？　それとも結界的な何かで異空間的な場所に閉じ込められたのか？

俺はまずは地形を把握しようと、飛行スキルを使って空にあがってみることにする。

……飛行スキルが、発動しない。

俺は慌てて、いま使えるスキルをすべて試してみる。

……一切発動しない。

「す、ステータス、オープン」慌てすぎて、思わず噛んでしまう。

これも、何も起きない。

「まじか。ステータスも開かないのっ。これ、どうなってるんだ」と、動揺のあまり、思考停止に陥りかける。

「落ち着け、落ち着け。今一度、状況を整理してみよう」

俺は一度落ち着くために、その場で一度腰を落とし、座り込む。あぐらをかくと、兎兎亀（うさぎとかめ）の言動を中心に、一つ一つ思い返してみる。

「まずは現状だが、何が起きているかは不明。ただ、兎兎亀（うさぎとかめ）か、他の彼らの仲間の能力である可能性が一番高そうだ。これまで、百紫芋の手下の動物達はそれぞれ特殊な能力があったよな。腹の口で物を消滅させたり。銀斑猫（ワイズ）はものすごく速かった。ゾウかキリンは通信手段みたいなものを持っていたのだろう。とすると、この現象も奴らの誰かの能力の結果だろう」

俺はじっと前方を見据えたまま、独り言を呟く。

――俺、独り言ばかり呟いてて、端から見たらかなり怪しい人物だよな。

と思わず自分の姿を顧みて、苦笑いが漏れる。

はぁーと一息つく。そのまま検討を続ける。

「能力だとしたら、制限とか弱点とかが必ずあるはず。完璧な能力とか、絶対に破れないスキルとか、あるはずがないんだ。だから必死に考えろ、考えるんだ、自分」と自分自身を鼓舞する。

「兎兎亀（うさぎとかめ）は何て言ってたっけ？」

俺は先ほどまでの会話を思い起こす。

「確か、力を見せろとか、状況を脱してみろとか言ってたよな。うん、あれ？　そうすると……」

と、何か引っ掛かりを感じる。

「そうか、答えが一つじゃないんだ。何か力を見せるか、もしくはそうしなくても、この状況を打破できるってことだよな。でも、だとすると」俺は改めて山頂の木を眺める。

「そうか、これがブラフ。いわゆるミスリーディングとかいうやつか。いかにもな兎兎亀という名前に、その童話チックなこの舞台」

俺は呟きながら改めて周囲を見渡すと、そのまま目を瞑る。

冷静に落ち着いて耳を澄ましてみる。

「――やっぱりだ。これだけ木々が繁っているのに葉擦れの音すらしない」

俺はそのまま左手を前につき出す。

全く感じられない、イド。

しかし、スキルの発動は、これまで何度も繰り返してきた。感じられないままでも、半ば無意識で、できるようになっているはず。

そう、信じる。信じこむ。

ひたすら集中。

そして、何度も使い、何度も感じたイドの流れを反復する。

その感覚のままに、呟く。

「泡魔法。酸の泡、発射」

俺の左手、カニさんミトンから、酸の泡が発射された。

——発動成功したっ！

「ギャッ」響く悲鳴。

その悲鳴に合わせるようにして、俺を取り巻いていた山の中の景色がまるで煙のように揺らめき始める。

二重写しになる風景。

しかし山の景色はすぐさま溶けるようにして無くなる。

目の前に広がるのは、もともと俺のいた動物園の景色。そして背中の甲羅が半分溶けてうずくまる兎兎亀の姿だった。どうやら兎兎亀が背中を見せてから俺は一歩も動いていなかったようだ。

「ホッ。よくぞ、幻と見破った……。け、見識の高さもみ、見事なり」と息も絶え絶えに話しかけてくる兎兎亀。

——あっ、あれってやっぱり幻だったんだ。何となく直感だったんだけど。

一応それなりには考察してみてはいた。特にヒントになったのは、ステータスが開かないってこと。もし転移系の能力を目の前の兎兎亀が持っていたとすると、送られた先は別の異世界ということになる。

しかし、この世界は多分だが、敵の大本の親玉が世界の出入りをかなり厳しく制限しているという印象を、アクアの言動から感じていた。

アクアが必死に世界を繋ぐ回廊を求めていたことから考えても、この推測はほぼ間違いないだろう。

　そもそも、世界の移動自体がそんなに簡単には行えないものだろう。普通に考えて。ということは、何らかの騙しなんだと考えるのが順当な推測というもの。

　だったらスキルが使えないわけはないと、一番使い慣れている泡魔法を発動したってわけだ。知覚に頼らず、自らの体験と体感を信じて。

　そうしたら、それが大当たりだった。

　ここでもガンスリンガーの修練が役に立った。ダンジョン外でオドをまとう訓練、そしてその過程で得たものは、いつになっても俺を助けてくれる。俺は思わず師匠のことを思い起こしてしまい、こんな時だが、しんみりしてしまった。

　――いやいや、いまはやめとこう！

　俺は気を取り直す。目の前には瀕死の兎兎亀。周りを動物達が遠巻きに様子を見ている。

　――あれ、もしかしてこれって、酸の泡を当てたことが敵対行動にとられて、俺、囲まれてピンチだったりする？

　こちらを見上げる、物言いたげな兎兎亀の顔。どうやら俺が何を話すか、待っている様子。それをじっと待つように見ている周囲の目。

　――もしかして、次の俺の発言、相当、注目されているのっ⁉

　これまでにない注目具合に、ここがそもそも敵地であることもどこへやら。俺は思わずこれまでにないタイプの緊張を感じてきてしまった。

打算と感情と礼節

俺はゆっくりと兎兎亀の前まで近づく。

カニさんミトンを外し、しまうと、ホッパーソードを取り出す。

ざわっとする周囲の動物達。

しかし、まだ敵意や殺気は向けられてこない。

ホッパーソードの刃が兎兎亀に向かないように十分気にしながら、膝をつく。

声をかける。

「幻を俺にかけたのは、お前達の主の指示なのか？」

「ホッ、ホッ。我が、主は朽木殿の力量を、知りたがってましての。手段は一任されてました、がの」

「もし、俺が幻から抜けられなかったらどうなっていた？」

「弱きもの、が、長く生きられないのは、この世の理」と、いよいよ息が苦しそうな兎兎亀。

「それは獣の理だ。俺は違う。兎兎亀、もしお前が俺の力を受け入れるなら俺にはお前を治すことができる。どうする？」

俺は考え考え問いかける。目の前の相手は敵だ。敵対行動もしてきた。しかし、確実に殺しにかかってきたとは、どうも思えないのだ。事前に告げられた、明らかにヒントになるフレーズ。そして交渉が通じる手応え。そもそも、その礼儀正しい態度が、心証として大きい。

完全に殺しにかかってきた銀斑猫（ワイズ）、その完全に相容れない価値観とは違い、どうしても感じてしまうのだ。その人格を。人に類する何かを。魂と言ってもいい。

もちろん、このまま兎兎亀（うさぎとかめ）にとどめをさせば、周りの動物達が問答無用で襲ってくるから、不確定要素を作っておきたいという打算もある。まあ、それも兎兎亀（うさぎとかめ）の返答次第だが。

「ここで、朽木殿にくだり、主を裏切り、生きろとっ？　申し出はありが、たいですが、お断りします。この命、ここで尽きるものと」

と、最後まで言い切ることなく、兎兎亀（うさぎとかめ）は沈黙。そして、そのままその体は装備品化スキルの影響で、黒い煙と化した。

渦巻く煙が、一つの装備品となる。

そのタイミングで、じわりと間合いを詰めてくる、周囲を取り囲む異形の動物達。

俺は目の前に現れた装備品を掴むや、飛行スキルで一気に上昇する。

俺の動きに合わせ押し寄せてくる異形の動物達。その牙、その爪を紙一重で逃れ、飛び立つことに成功する。

「やっぱり、こうなるよね」

足元にひしめく、無数の獣達。その瞳はどれもギラついてこちらを見上げている。そして飛び立った俺を待ち受けていたのは、翼を持つ異形の存在達だった。動物園のそこかしこから、羽ばたきの音が響く。俺に迫るのは、無数の鳥やら虫やらの姿。それがいくつも、いくつも現れる。地上にひしめく獣達からも、殺気を感じる。あるものは投擲の構え。またあるものは体内から何かを射出し、俺のことを撃ち落とそうとしているのだろう。攻撃態勢に移行していく。

俺はこういう時のために準備していた手札を、一つ、いま切る。

イド生体変化で、声帯と肺機能を強化。

一声、叫ぶ。

「ぷにっと達、押し潰せ！」

俺の轟く叫び声に合わせ、動物園の壁に、異変が生じる。その一部に亀裂を作りながら、内側へと倒れてくる壁。

壁が倒れ、響く轟音。立ち上る砂煙。

その砂煙をまといながら。

わらわら、わらわらと。

うまれた壁の隙間から、無数のぷにっと達が現れる。そのまま、敵たる獣達へ向かい、ぷにっと達の行進が始まる。

次の瞬間には、また別の場所でもぷにっと達による壁の倒壊が起きる。次々に壁が崩れていく。

動物園の壁を自らの体重で押し倒し、現れたる、ぷにっと達が続々と侵攻を開始する。

その体は、あるものはアスファルトで。

またあるものは自動車の部品で。

瓦礫や、建材から生まれたものもいる。

コンビニ休憩した時に俺が作ったぷにっと達ももちろんその中に交じっているが、実は彼らはほぼ伝令として働いてもらったのだ。大部分は、これまでに俺が作り続けてきたぷにっと達に、ここまで集まってきてもらった。先のネカフェの防衛戦を生き残った、まさに猛者達だ。

怒濤の勢いで動物園が、ぷにっとで埋められていく。

いかに生き物を殺していくか。それをすでに自らの体で体感している集団か否か。それは効率の面で如実に現れてくる。

複数のぷにっとで敵たる生き物を圧殺しようとした時に、敵一体に対して必要最小限のぷにっと達で押し潰しにかかれること。

そうすることで、単純に、同じ数のぷにっとで、一度に大量の敵に対応できるだけではない。自重で壊れてしまうぷにっとの数が激減するのだ。

そしてそれは何かを守る時よりも、いまのように攻める時に真価を発揮する。

なぜなら、個々の敵の息の根を完全に止める必要が無いのだ。ダメージを与えさえすればいい。戦闘不能になる程度の。

そうして、殺戮（さつりく）を経験済みのぷにっと達が動物園を、そこに住まう獣達を効率的に蹂躙（じゅうりん）していく。

上空へ逃れた俺は、その様子を眼下に見ながら、必死に敵の飛行戦力からの攻撃をかわしていた。

「一度の実戦でっ、ここまでぷにっと達が、成長するのは、嬉しい驚きだなっ」飛行する敵のとめどない攻撃をかわすのに必死ながらも、感嘆の声をあげる。息は切れぎみだが。

空の敵は、まだ生き残っていた鳩もどきに、なぜか翼の生えたパンダが数体。そして巨大化した羽虫が大量。

特に翼パンダが恐ろしい。

見た目の愛らしさとは裏腹に、その噛みつきも爪による薙ぎ払いも一撃必殺の威力を感じさせる。

地上、俺の足元直下までぷにっと達が押し寄せる。

俺はいまが好機とばかりに地面に向けて、まっ逆さまに急降下する。

ぐんぐんと迫り来るぷにっとひしめく大地。

俺を追う空を飛ぶ敵達を、背後に引き連れて。

地面にぶつかる直前、俺は前方へ急制動をかける。

うまく俺を避けてくれたぷにっと達。そしてそのまま、俺の背後を飛んできた翼パンダに、巨大羽虫に、鳩もどきに、ぷにっと達は飛びかかり、大地へとひきずり堕とす。

俺は、つんのめりそうになりながらも、何とかそのまま地面を走る姿勢に移行することに成功。

その背後には、ぷにっとに取り付かれ、地面で擦りおろされるようにして傷を負った敵の姿。

目を背けたくなる惨状が、そこかしこで発生していた。

高速で地面と接触し、ぷにっともろとも、その速さゆえに大地でその身を削るようにして血を撒き散らし、四肢を欠損していく翼パンダ達。

巨大化した外骨格型の生物ゆえの脆さで、ぷにっとと一緒にバラバラになる羽虫達。

俺はいつの間にか、ぷにっと達の集団の先頭に立って、園内をひた走っていた。背後から追随するぷにっと達からの圧に押されるようにして。

留まることなど、到底できず。

ただただ、まっすぐに。

――あ、ヤバい。冬蜻蛉がどこにいるか、訊けてなかった……

焦燥

「ええい、一体全体、何がどうなっとるんだっ！」と巨大な腕をした男が怒鳴り散らしている。

男の視線の先には、縮こまるようにして佇む、異形の動物達。

「百紫芋様、それがなぜこのようになってしまったのか我々にも……」一匹の小型の象が答える。

動物園の門に居るのと同種のそれは、動物園内に居る他の同族達と通信しつつ、百紫芋に答える。

「だいたい、銀斑猫はどうしたんだっ！　あれだけの戦力を連れて出発したのだぞ！　都市の一つや二つ、軽く落とせるだけの戦力だっ。しかも銀斑猫には鹵獲したスキル付きの装備品まで貸したというのにっ」

と、その巨大な腕を振り回しながら吐き出すように叫ぶ百紫芋。まるで不安を怒りで覆い隠そうとするかのようなその振る舞いに、周りに侍る異形の動物達も不安な様子を隠せない。

「その朽木竜胆という魔法を使うという男、一人で来たと報告があったから、兎兎亀を向かわせてみれば。なんなんだあれはっ」

と、窓に近づく百紫芋。その視線の先では、無数のぷにっと達が動物園を順調に蹂躙していく様子が。

「兎兎亀様の幻覚は破られてしまったのかと……」と、別の取り巻きの動物が答える。

「そんなことは言われんでも、わかっている！　それよりも、あれだっ！　どう見ても、たかだか、動物型のゴーレムだろ？　なぜ、小生の最高傑作達があああも容易く負けるのだっ」と頭をかきむしる百紫芋。

沈黙を貫く取り巻き達。

その沈黙を破るように、小型の象が、声を発する。

「百紫芋様、敵がここ、管理塔まで来たと……」

ぎりっと歯軋り(はぎし)りのような音。

「なら迎え撃てよっ！」と言葉遣いまで乱れる百紫芋。その姿には普段取り繕っていた大物感は微塵(みじん)も残っていない。取り巻き達は無言で顔を見合わせると、我先にと、部屋から飛び出していった。二頭の動物だけを残して。

＊

俺はその様子を窓の外に隠れてうかがっていた。

――あぶなっ。窓に近づかれた時に見つかるかと思ったよ。でも、こんな一番目立つ所に、敵の親玉が居るものなんだね。ぷにっと達の奔流に押し出されるようにして来てみたら、まさかの大当たりか。

俺は自分の幸運に驚いていた。とはいえ、ここは動物園。人が居住できるような建物は数個しかない。しらみ潰しに当たっていればそのうち見つけていたのは確実だった。俺が自分で思うほどツイていた、というほどのこともない。

——しかも他の動物達が、ほとんど出ていったよ。いまが、チャンスだよね、これ。

俺は飛行スキルと重力軽減操作を併用してへばりついた窓の上の壁から、再びそっとホッパーソードの刃先を伸ばす。刃先に室内の様子を反射させて確認する。

ちょうど百紫芋というここの主とやらは背中を窓に向けている。観察していると、なにやらごそごそと取りだそうとしているようだ。

俺が何しているんだろうかと、いぶかしんでいると、くるりとこちらへ振り返る百紫芋。その手には、冬蜻蛉から取り上げたのだろう、第一の喇叭ちゃんのモンスターカードが握られていた。

第一の喇叭ちゃんのモンスターカードがあるのを見て、俺は思わず動揺。

その動揺が、手元を狂わす。

ホッパーソードの刃先が窓ガラスにぶつかってしまう。かちっと音を立てて。

それは常人なら聞き逃してしまうような些細(ささい)な音。

しかし、百紫芋の取り巻きは最悪なことに動物だった。当然人間より聴覚が鋭い種なんてのも、沢山いるわけで。

運が悪く、取り巻きのうちの一匹、足を沢山生やした黒豹が、俺の立てた音に反応してしまう。

すぐさま、その黒豹の様子に気がつく百紫芋。

「喰豹(ポーター)、何事だ」

ぐるるとうなり声をあげる、喰豹(ポーター)と呼ばれた黒豹。

「よい、やれっ」と声をあげる百紫芋。

黒豹の四対ある足のうち、前から二番目の足が二本、掲げられたかと思えば、その足がにょろにょろと伸びる。

俺は嫌な予感がして、とっさに隠れていた窓の上を離れると、飛行スキルで急速離脱。

ちょうど俺がつい先ほどまで隠れていた場所目掛けて、黒豹の伸びた足が左右から振るわれる。

クロスするようにして、壁ごと窓が破壊される。それは鞭と言うよりも、破壊力抜群の斬撃。伸びた足先が、まるで大太刀のような形に変形していた。

俺は、辛くもその攻撃から逃れることには成功するも、壁にあいた大穴越しに見つかってしまう。

百紫芋と呼ばれていた男と、目が合う。

すぐさま次の斬撃を放とうとする黒豹。

「待て、喰豹！」と百紫芋の制止。黒豹は伸ばして大太刀化した足を構えたまま動きを止める。

「お前が朽木竜胆だな。あの少女の仲間の。わざわざ迎えまで差し向けてやったというのにこの所業、後悔するがよい」と吐き捨てるように言ってくる。

――なんだなんだ？　攻撃の手を止めさせたと思ったら恨み言か？

俺は冬蜻蛉の居場所を尋ねようかと一瞬迷うも、逆に人質にとられたらまずいと思い、踏み止まる。それよりは無難そうな質問をしてみる。

「確かに俺が朽木だ。そっちこそ白蜘蛛の仲間か？」

「仲間？　はっ。あんな出来損ないと一緒にされるとは笑止千万！　あんなクリエイティブさの欠片（かけら）も無い奴と一緒にしないでほしいものだな」と百紫芋。

――仲でも悪いのか？

と、首をかしげる俺。その間にも、警戒を怠らない。特に攻撃の意思を見せていないもう一匹は要注意だと俺の勘が囁く。

見た目は愛らしいラットのようだが……。見た目が小さすぎて、この距離だと何を仕掛けてくるか、それすらよくわからない怖さがある。

「それならいい。それで……」といいかけた俺に被せるようにして、百紫芋が話す。

「御託は十分だ。もういい、やれ、喰豹（ポーター）！」と指示する百紫芋。

――ええっ！　そっちから話しかけてきたんだろっ！　しかも、もういいのかよっ。

と、俺はあまりの理不尽さに呆（あき）れながら、黒豹の振るわれた足先の大太刀を、ホッパーソードで受ける。

重い斬撃。空中という踏ん張りの利かない場所もあり、勢いよく吹き飛ばされる。

「放て、喰豹（ポーター）！」とそこへ聞こえてくる百紫芋の叫び。

その声に合わせ、黒豹の前から三番目の両足もまた、その形を変化させる。

まるで銃口のように穴があく、足先。

そこから放たれる、何か。

俺は、半ば無意識でホッパーソードを振るう。加速する意識の中で、微かにとらえたそれは、白い破片のよう。

俺の振るったホッパーソードにちょうど吸い込まれるようにして衝突する、白い破片。

ガキンという、鈍い音が響く。

手のひらに伝わる衝撃。それも先ほどの斬撃を上回るそれ。

連続して放たれる白い破片。

一発一発が、重い。

俺は痺(しび)れそうな手を強引に動かし、ホッパーソードを振るい続ける。

何度も。何度も。響く鈍い音。

加速した思考でも完全に捉えきれない速度の連弾。徐々に増えるミス。

直撃だけは何とか防ぐも、かするだけで肉が削(そ)げる。裂傷が一つ、また一つと俺の体に刻まれていく。

——このままだと、じり貧だ。しかし、仕込んだ切り札はまだ使えない。どうするかなっ！

解決策も浮かばず、俺はひたすら飛んでくる白い破片を処理し続けた。

反撃と発見

ひたすら防御に徹する俺の眼下には、善戦を続けるぷにっと達。しかし、百紫芋の部屋から飛び出していった獣達が参戦したことで押し戻されつつある様子。

——さすがに取り巻きには戦闘の実力の高いのが揃っていたのか。引き離してくれているのはありがたいけど、ぷにっと達に助けを求めるのは無理そうか。

俺はこうなれば仕方ないと怪我覚悟で、反撃を試みることを決心する。

——致命傷さえ避ければ、イド生体変化でなんとでもなるはず。まあ、次は瞳が黒く染まるくらいじゃ済まないかもしれないが……

覚悟を決めた俺はカニさんミトンによる泡魔法を発動。意識を高濃度の酸の泡の作成にも向ける。

必然的に、一気に上がってしまう被弾率。飛行スキルによる回避と、ホッパーソードによる防御。さらには酸の泡の作成と。いかに意識を加速させていても、脳の処理が追い付かない。

敵の弾が俺の四肢を削るように抉っていく。全身から血が噴出する。

しかしその代わりに得た時間で、最大限に濃縮した酸の泡を生成。白蜘蛛のスキル付きの武器を破壊した時以上の濃度だ。その拳大の大きさの酸の塊を、撃ち出す。

狙うは、百紫芋、一択。

「溶かし尽くせっ」と思わず気合いを込めて叫ぶ俺。高速で百紫芋へ迫る、高濃度の酸の塊。

そのタイミングで、俺も左肩を撃ち抜かれる。

――いってぇーっ！　だが、とったっ！

と激痛に苛まれながらも思った、その時だった。

ぴょんっと百紫芋を庇うように現れたのは、もう一匹の取り巻き。

小さな愛らしい見た目のラット。

そいつが、大きく息を吸ったかと思うと、ぷくーっと膨らむ。まるで風船のように。小さな手足に、小さな頭のまま。しかし、その胴体部分が、どんどんどんどん巨大化。その巨体が、俺の放った高濃度の酸の塊を体でくるむようにして、摑みかかる。

当然、いかに巨体だろうが溶かしていく俺の酸の塊。実際ラットの巨体はどんどんと溶けていく。しかし、まるで投げ捨てるように、その巨体を脱ぎ捨てるラット。脱皮ならぬ、脱肉とでも言うのだろうか。見たことも聞いたこともない現象に、俺は怪我も忘れて啞然としてしまう。

そして酸の塊ごと、横へ飛んでいくラットの脱ぎ捨てられた胴体部分。その場には元のサイズに戻ったラットと、無傷の百紫芋、そして脱ぎ捨てられ溶けていくラットの元胴体。

元胴体は巨大な溶けかけの肉塊となって部屋の壁に大穴をあけると、外へと落下していった。

――なんだよ、そんなの、ありかっ。もう一匹の取り巻きは防御用だったわけか。

「残念だったな、小生の対策は万全よ。先ほどのが貴殿の切り札か。あの程度、楽勝楽勝っ。しかし、しぶといの。どれどれ。せっかくだ。この式神らしきものを使ってみるかの」と勝ち誇った顔で、手にした第一の喇叭ちゃんのモンスターカードを掲げる百紫芋。

俺は怪我の出血と合わせて、顔面から血の気が引くのを感じる。その間も止まらない黒豹からの攻撃が、阻止しようとする俺の行動を阻む。使えなくなった左腕を庇うようにして再び右手でホッパーソードを振るう。

――イド生体変化の回復じゃ遅い！　このままじゃ阻止しようにも追い付かないか⁉

そうこうしている間にも、百紫芋がモンスターカードの召喚の文言を読み上げ終えてしまう。

広がる、白銀の閃光。

「いえーい。貴方の世界にエントロピーを御届け。第一の喇叭ちゃん、また来ちゃいました～。て、あれー？　なに、あんた」

「おお！　素晴らしい力の奔流！　さあ、あの朽木竜胆という男を殺すのだ」と嬉々として指示する百紫芋。

なぜかそれを冷たい瞳で見下ろしていた第一の喇叭ちゃんは、ぷいと顔を背ける。

「やだねー。キモっ。まじキモっ」と吐き捨てると、まっすぐ下へ。突撃だけで床に簡単に穴をあけると、塔の下層へ飛び去っていった。

ポカンとする百紫芋。

第一の喇叭ちゃんのあまりにも不可解な行動。しかし、とりあえずこっちを攻撃してこないでこの場から居なくなってくれたことに、俺は心底ほっとする。

――どこへ行ったか気にはなるが……。百紫芋の命令を無視したのは、多分最初に召喚した冬蜻蛉に命令権みたいなものがあるんだろうな。本当に良かった。ここで前みたいなメタンハイドレートの雹とか降らされたら、本当に大迷惑。

その間もマイペースなのか、止まらぬ黒豹からの攻撃。俺は再度の攻撃を一時諦め、左肩の穴をふさぐことを優先。

建物の周りを旋回するように飛び回り、さらにホッパーソードで攻撃をはじく。

黒豹は建物の壁を突き破るようにして白い欠片を正確に俺へと当ててくる。

――ぐっ。また刺さっ。いってぇ……

それでも防ぎきれないものが全身に徐々に刺さり始める。どうやらこの白い欠片は、骨製のようだ。貫通せずに刺さったままの欠片を見て、ようやく素材を理解する。しかし、一つ一つが骨とは思えない重さがある。まるで圧縮されて密度が上がっているかのようだな。

考察もそこそこに、わずかでも被弾を少なくしなければと、俺は建物の壁の残っている方、残っている方へと飛び、逃げ続ける。しかし黒豹は何の躊躇(ためら)いもなく壁越しに俺を撃ち抜こうと骨の射出を続ける。

散々悪態をついて落ち着いたのか、ちらりと見え隠れする百紫芋の様子は余裕の表情を取り戻している。

黒豹の射出した骨の弾で、どんどんと壁に穴があいていく。

その時だった。轟音を立てて塔の下の階から、何かが飛び出してくる。

第一の喇叭ちゃんだ。その手には冬蜻蛉の姿がある。さらに、何やら雑多な物を掴んでいるのがちらりと見える。

——冬蜻蛉かっ！　よかった！

何とか左肩の穴をふさいだ俺は再び、酸の泡を作成。

冬蜻蛉が助け出されたことを確認したことで、前提条件が変わる。

俺は、今度は酸の濃度をあげることには拘らず、酸の泡を複数作成。ばらまくようにして次々に撃ち出していく。

百紫芋への直撃コースの酸の泡は、再びラットによって簡単にそらされてしまう。直撃コースではない酸の泡は無視され、塔の壁を次々に溶かしていく。百紫芋達のいる塔の最上階。その壁を。

もともと黒豹の放つ骨の欠片でズタズタになっていた壁。さらに戦闘であいた、複数の大穴。

そこに止めとばかりに放った俺の酸の泡。

これまで何とか天井を支えていた壁や柱も、ついにその耐荷重の閾値を超えてしまう。

バキッという音が響く。

一度、壁の一部が折れてしまえば、あとはその自重だけで、脆くなっていた壁は壊れてしまう。

そうすればあとはもう、支えを失った天井が百紫芋達の頭上へと崩れ落ちていくだけ。

ちらりと見える、驚愕に見開かれる百紫芋の目。

この事態にさすがの黒豹も攻撃の手を緩める。

最上階が、天井で押し潰される。

崩れ落ちた天井の破壊力は、塔自体をも崩し始めてしまう。

轟音を立てて、塔は上の階から順次潰れていった。

立ち上がるもの

巻き上がる粉塵。崩壊に伴い、飛び散る塔の瓦礫。

塔の足元で戦闘を続けていたぷにっと達も、否応(いやおう)なしにその崩落に巻き込まれてしまう。

轟音が鳴りやむ。

かつて塔だったものが潰れ、瓦礫の山と化したものが、巻き上がった砂塵(さじん)の隙間からその姿を現す。

その時だった。瓦礫の山が大きく膨らんだかと思うと、瓦礫が周囲に飛び舞う。その速度は、まるで砲弾。

空中でその様子を見守っていた俺の顔面にも、机の一部のようなものが飛んでくる。とっさにのけ反り、回避する。

——冬蜻蛉達は!?

離れた位置にいた第一の喇叭ちゃんの所までは瓦礫が届かなかった様子。

ほっとして振り向くと、瓦礫のあった場所には、巨大な肉の塊。

しかし、ぷしゅーと空気が抜けるように、それは小さくなっていく。ラットの姿へと。

手のひらサイズまで小さくなっていくラットの体。それを手にした百紫芋と黒豹が、瓦礫のあった場所の中心に立っていた。

さすがに無傷ではない様子。

骨の欠片を放出していた黒豹の二対の足は根本からもげ、百紫芋は額から血を流し、顔面を真っ赤に染めている。

俺にとっての朗報は、百紫芋の手のひらの上のラットがピクリとも動かないこと。

「くーちーきーっ！」と、何やら叫んでいる百紫芋。そのまま何やらガミガミとがなりたて始める。

「よくも、よくも、小生のっ」声がひび割れ、何を言っているのかよくわからない。どうやらラットの死を嘆いているらしい。

俺は話を聞くのは諦め、決着をつけるべく、構える。

――いまなら、あれが……

それは百紫芋も同じだったのか、懐から万年筆を取り出す百紫芋。顔面を染める真っ赤な血をすべてその万年筆で吸いとる。それでも足りないとばかりに、自分の額の傷に、ペン先を突っ込む。

血を吸った万年筆が真っ赤に光り始める。毒々しい赤い光。

百紫芋が手のひらの上のラットと、黒豹を一直線に並べると、叫ぶ。

「『ペン入れ』かいしっ！」

空中に線が描かれていく。ラットと、黒豹が半透明の枠線で固定される。多重構造で展開されていく枠線。

俺は、額の傷にペンを突き刺すという奇行におののき、その後のエフェクトで、何か新たな攻撃がくるのかと身構える。

その間にもさらさらと万年筆を動かし続ける百紫芋。

ラットと、黒豹。それぞれを取り巻く枠線がまるでレイヤーのようになって、万年筆の筆先で線が描き込まれていく。

「『ペン入れ』完了」と、今度は呟くように。どこか哀しみをたたえた百紫芋の声。

ラットと黒豹を取り囲んでいた枠線が消えたかと思えば、ラットの体が、そのまま分解されていく。

そして書き込まれた線の光と混じり合い、黒豹へと吸い込まれていく。

黒豹の野太い雄叫びが崩壊した動物園に響く。

それは、苦痛と歓喜の声。

融合と進化の変質。

黒豹の体が膨らむ。

もげたはずの足。その足の付け根の肉が蠢く。

黒豹の全身が一回り大きくなる。そしてさらに一回り大きく。

最終的に、小型車よりも大きな体軀へと変わった。

そして蠢いていた足の付け根の肉からは無数の細長い骨が生えてくる。まるで針ネズミの針のように。

――って、違うネズミじゃん！

と思わず内心突っ込みをいれてしまう俺。

そこでようやく俺は百紫芋のスキルを理解する。生き物を作り替えるタイプの能力なんだと。ラットの死骸と黒豹を融合させ、強化したのだろう。

巨大化した黒豹が、新しく獲得したその骨の剣山のような足を、空中にいる俺へと向けてくる。

先ほどまでの欠片と比べ、明らかに威力の上がっていそうな見た目。しかも、あれが同時に射出されてきたら、俺の体が剣山のようになってしまうのは間違いない。

「喰豹(ポーター)っ！　奴を殺せっ」と叫ぶ百紫芋。

加速する俺の思考。ノロノロと動き始める世界で、俺はしまう時間を惜しんでホッパーソードを真上に投げあげる。空いた右手で、くるっくるぼーを荷物から取り出す。目の前を縦にくるくる回りながらホッパーソードが頭上へ。

そして俺はくるっくるぼーのしっぽを握りこむ。羽を広げ嘴を開くくるっくるぼー。

俺の目の前まで迫る、黒豹の射出した骨の針。欠片の時よりも、明らかに速い。

俺は、最後の切り札をここで切る。

コンビニ休憩のほとんどの時間を費やして準備したそれ。いや、それらを。

俺は上空を見上げる。

雲の上、見えない所にあるそれら。しかし、イドを見ることのできる俺の漆黒の瞳には、はっきりと映る。

上空で旋回する、千羽を超えるイドの鳩達が。

そう、くるっくるぼーのスキル、ダヴで作ったイドの鳩は、一羽発射しても空を旋回させておけば次のイドの鳩が作れたのだ。コンビニ休憩中にそれに気がつき、思わず何匹まで同時に旋回させておけるか試してみたくなった、その結果があれだ。

動物園に入る前からずっと旋回を続けさせていた千羽のイドの鳩。これが、俺の最後の切り札。

俺は振り上げた右手のくるっくるぼーを、一振り。振り下ろす。

「全羽、降下っ！」

空を旋回していたイドの鳩が、雲を突き破り、その姿を現す。

一羽、また一羽。次から次へと。それはすぐさま鳩の雨となって、地上へと降り注ぐ。

白く輝く光の奔流。

一羽一羽の鳩が、生き残った黒豹と百紫芋へと殺到する。

ほぼ同じタイミングで、黒豹から放たれた骨が俺へと刺さる。足先へ一本。両足を貫通し、上半身。そしてとっさに顔を庇った両腕へと。それはそのまま勢いを殺しつつも、顔面へも。

あっという間に、全身に、骨のトゲが突き刺さった剣山のようになってしまう。

その間もイドの鳩は、百紫芋と黒豹へと舞い降りる。触れた部分を鳩に変えるそのイドの鳩が、百紫芋と黒豹へと。

最初のイドの鳩が百紫芋の肩へと止まる。肩の肉の一部が削り取られるようにして、鳩が一羽生まれる。

飛び立つ、その鳩。

その空いた場所に、次は二羽のイドの鳩が降り立つ。

そのあとはもう、数えきれないほどのイドの鳩が百紫芋の腕に、足に、胴に。その顔面も、イドの鳩に覆われる。

そしてその肉が、骨が、血が鳩へとかわり、飛び立っていく。

隣にいた黒豹も、その巨体はあっという間にイドの鳩に覆われてしまう。そのまま崩れ落ちるようにいったん沈みこむ黒豹。

現れるのは、その生きたままの肉から変化した、鳩達。

それでも終わらぬイドの鳩の降下。どうやら俺は作りすぎてしまったようだ。塔の瓦礫も周囲の地面も、鳩に変わっていく。

辺りを埋め尽くさんばかりの鳩が、一斉に飛び立つ。千羽を超える鳩の羽ばたきの音が、響き渡る。

彼方へと飛び去っていく鳩達。

残されたのはクレーター状に抉られた地面。そしてそこに、一本残された万年筆が転がっていた。

俺は全身を黒豹の放った骨に貫かれたまま、そのクレーターへと落下していく。

地面へ激突。

その衝撃でさらに深く突き刺さる黒豹の骨。

クレーターの中をごろごろと転がり落ちる。回転する度に骨が深く突き刺さる。もう痛みを通り越していて、血が抜けすぎたのか寒さを感じ始める。

俺は寒さと転がる世界の中、何とか予備のホッパーソードを取り出そうとする。しかし、指先すら、もうまともに動かない。

クレーターの底へついたのか、俺のぼろぼろの体はその回転を停める。ちょうど目の前には万年筆が転がっている。

意識が途切れる直前だった。かすむ目に映るは、片翼の天使が舞い降りる姿。その天使は少女を抱えるようにして大地に降り立つ。そう、ジャンパーを重ね着した少女。彼女は、俺が放り投げたホッパーソードを手にし、こちらへと駆け寄ってくる。

——冬蜻蛉、無事か。良かった……

そこで俺の意識は途絶えた。

第二章エピローグ

気がつくと、俺は何もない空間にいた。

そこへ、黒いもやが二つ、漂ってくる。一つは長柄のハンマーの形をしている。もう一つは万年筆の形をした、もや。それらが形を失ったかと思うと、ぐにぐにと混ざり合い、真っ黒な一つの大きなもやを形作る。そのもやが俺の頭を包み込む。


次の瞬間、俺は蒼く深い海の中を漂っていた。

——俺、夢を見ているのか。夢特有の超展開だな、これ。

辺りには、ふよふよと海中を漂う半透明の粘体質の存在がいる。ふわふわとして、一見平和なそこへ、何やら騒音を放つ存在が上から堕ちてくる。はっきりと姿が見えないそれ。しかし、明らかに実在し、害を振り撒く存在。

俺はなぜかそれが遥か上位の世界から落とされてきたものだとわかる。それも悠久の昔からずっと続いているのだと。夢特有の謎理解によって。

その騒音が、粘体質の存在へ襲いかかる。

それを見てなぜか広がる悲しみと怒り。そしてそのノイズへの憎悪。その感情の波に、なぜかアクアを感じる。

——ああ、あの襲われているのはアクアの仲間なのか……

その害なす存在に対抗するために、アクア達の母たる存在が果実を産み落とす。世界を創成する力を秘めたそれは、アクアとその仲間によって大切に守られていた。しかし、アクア達とノイズとの争いの果てに失われてしまう。

項垂（うなだ）れているアクアの姿が見える。

誰かに声をかけられ決意した表情を見せるアクア。

急ぎ果実の行方を追うことになるアクア。俺の目に映る、世界を越えて流れていく果実の映像。

その時だった。唐突に俺の意識が急浮上する。

夢から、覚める。


最初に感じたのは、俺の手のひらを握っている人の温もり。

「朽木っ！」江奈の声。

俺はその声に目を開ける。

「良かった……。いったい何度目よ。無茶苦茶だったのよ、朽木の体」

俺は答えようと口を開く。カサカサの喉。思わず咳（せ）き込む。

「ほら、水よ。ゆっくりね」とペットボトルにストローを差した物をぷにっとから渡される。

俺は震える腕で受けとる。

腕には無数の傷痕。

――ああ、確か黒豹が飛ばしてきた骨に剣山みたいにされたんだっけ。ここは、ネカフェ、か。

俺は安堵の気持ちに包まれながら、水をゆっくりと飲み込む。ただの水がものすごく甘く感じられる。全身に、水分が染み渡る。

「ごめん、江奈さん……」ようやく出た声は、掠れてがさがさだった。

「全くよ！　いつもいつも……」と始まりかけた江奈を遮るようにして、ばんっという音が俺のいるブース席に響く。

外開きの扉がすごい勢いで開き、壁にぶつかっていた。

「朽木、気がついたって⁉」

冬蜻蛉がブースの中へ転がり込んでくる。その手にはなぜかホッパーソードを握って。

俺の顔を覗きこむようにして顔を近づけてくる冬蜻蛉。隣にいた江奈にその手のホッパーソードが当たりそうになり、顔をしかめる江奈。

俺はそこで気がついてしまう。

冬蜻蛉の瞳が黒く染まり始めていることに。まだ完全に真っ黒にはなっていないが、白目の部分が黒よりの灰色になってしまっている。

「冬蜻蛉、その目……」と俺。

ばっと、手にしたホッパーソードを背中に隠し、顔を伏せる冬蜻蛉。

「そうか、冬蜻蛉が俺の怪我、治してくれたのか。ありがとう。そして、すまなかった。女の子なのに、その瞳じゃ……」

「怒らないの？　勝手にスキル、使ったんだよ」とおずおずと顔をあげて冬蜻蛉は言う。

「あー。怒るとこなのか。そうか」と俺。

「そうね。後でちゃんと叱ってあげなさい。冬蜻蛉も、無茶したのよ。ただ本当は私が代わってあげられたら良かったんだけど」と少しばつの悪そうな江奈。

「ごめんなさい。でも第一の喇叭が、この世界の人間じゃない江奈はプライムの因子が無いから装備品スキルは使えないって言ってたから」と冬蜻蛉。

——いつの間にか江奈のこと、名前で呼ぶようになったのか。いやそれよりも、第一の喇叭って！

俺は勢い込んで尋ねる。

「何でそこで第一の喇叭の名前が出てくる？」と思わず詰問じみてしまう。

「彼女が、僕にスキルの使い方を教えてくれたんだ」とさらっと答える冬蜻蛉。

俺はモンスターカード召喚した存在が信じきれないこともあって、何と返事をすべきか迷う。そんな俺に、言いにくそうに続ける冬蜻蛉。

「言わなきゃいけないことがいくつかあるんだ。彼女、色々あの塔から持ってきたの。どうやら他にも仲間がいるみたい。後で見てほしくて」

「ああ、それくらいなら」

「あとね、倒れて血だらけの朽木に近づこうとして、近くに落ちてた万年筆を彼女が踏んじゃったの」と下を向きがちに告げる冬蜻蛉。

「うん」と続きを促してみる。

「そしたら、ぱきって割れて。黒い煙みたいなのが出てきて朽木にかかっちゃった」と上目遣いをする冬蜻蛉。

――さっき見てた夢はそれのせいなのか。確かに白蜘蛛のスキル付きの武器を壊した時にも黒い煙が目から入ってきたけど……。もしかしたら、さっきのはただの夢じゃないってこと、だよね。敵のスキル付きの武器を壊したから見たのかな？　だとすると、他の敵のスキル付きの装備品を壊したら続きがあったり……？

考え込む俺を心配げに眺める冬蜻蛉。俺は急ぎ答える。

「いや、ごめん。ぼうっとしてた。いや、壊してくれて良かったよ。誰かに悪用されたりしたらまずいしさ」と軽い口調でお礼を伝える。

「朽木、立てそうならご飯にしましょう。他の子も心配していたから、元気な顔を見せたげて」と江奈。

「ああ、そうだね」そのタイミングで鳴る、俺の腹の虫。

冬蜻蛉に笑われながら、オープン席に向かう。

「ご飯を食べたらお説教だからね」と江奈の声に戦々恐々としながら向かった先には、生き残ったぷにっと達がせっせと食事の準備に励んでいた。

そして始まる、子供達との騒がしい食事。

騒がしいながらも、それはなぜかほっとする時間。俺が結果的に冬蜻蛉を助けることができて、守れたもの。これが、守りたかったものなのだと、気がつく。

「まさかネカフェでこんな食事をするのが、当たり前になるとは」と呟く俺。

新たな戦いの前の、それはひとときの休息だった。

御手々ぽんた（おてて・ぽんた）

神奈川県出身。2019年から小説投稿サイトに投稿を開始し、本作で第1回「レジェンド賞」を受賞しデビュー。

レジェンドノベルス
LEGEND NOVELS

ネカフェ住まいの底辺冒険者 2
美少女ガンマンと行く最強への道

2020年10月5日　第1刷発行

［著者］御手々ぽんた
［装画］あんべよしろう
［装幀］世古口敦志（coil）

［発行者］渡瀬昌彦
［発行所］株式会社講談社
〒112-8001 東京都文京区音羽2-12-21
電話　［出版］03-5395-3433
［販売］03-5395-5817
［業務］03-5395-3615

［本文データ制作］講談社デジタル製作
［印刷所］凸版印刷株式会社
［製本所］株式会社若林製本工場

N.D.C.913 254p 20cm ISBN 978-4-06-521449-7

レジェンド
ノベルス
LEGEND
NOVELS